<登場人物>

大城哲太（おうじょう・てった）……………… 主人公。平凡な高校生。

大城　紫（おうじょう・ゆかり）……………… 哲太の父の再婚相手。哲太の新しい母。

大城　結（おうじょう・ゆい）………………… 紫の連れ子。哲太の姉になる。ギャル。

大城　楓（おうじょう・かえで）……………… 紫の連れ子。哲太の妹に……。

ラブちゃん ………………………………………… ニューハーフパブのママ。結と楓の友達。

桜井ひとみ（さくらい・ひとみ）……………… 哲太の憧れのクラスメート。

成沢　舞（なるさわ・まい）…………………… 哲太のクラスメート。新聞部。

香本多賀雄（こうもと・たかお）……………… 哲太のクラスメート。親友。

白百合清香（しらゆり・さやか）……………… 生徒会長。

透《す》けるブラジャーのS、舞い上がる俺のM。

冬の制服でブレザーの下にベストを着るのは、防寒のためであろう。

ではなぜ、夏服にまでベストが付いているのか。

「なるほど……そういうことだったのか」

俺は、桜井《さくらい》ひとみの背中を見つめながら、口には出さずに呟《つぶや》いた。

衣替えまで後2週間。五月晴れの陽気に惑《まど》わされたのか、ベストを脱いだ桜井さんの背中には、くっきりとブラジャーの線が透《す》けて浮き出ている。制服の白シャツというのは薄っぺらい素材なワケで、色のついたブラジャーを身に付けると、見事に透けてしまう。すなわちベストとは、シャツから透けてしまう女子のブラ線を隠すためのものなのである。

透けブラや、ああ透けブラや透けブラや。ああ、透けブラ、よりによってあなたは何故《なぜ》、赤なのですか？

そう、桜井さんの背中でその存在を主張しているブラジャーは、あろうことか、ハードコアにセクシーな赤色なのだ。

レッドだなんて。清純派の桜井さんがチョイスする下着ではないだろう。桜井さんは、コットン素材の純白や淡いピンクを愛用しているはず（もちろん俺の妄想では、だが）なのに、どういうことだ。

自分勝手な憤《いきどお》りを感じながらも、あの清純派の桜井さんが、不相応にオトナなランジェリーを身に着けているところを想像すると、ふつふつとマグマのような熱い興奮が湧《わ》き上がってくるようでもあり……俺の心と体は、啞然《あぜん》・呆然《ぼうぜん》・恍然《こうぜん》がぐっちょんぐっちょんに交じり合い、混乱の極《きわ》みに達そうとしている。

しかし罪作りな桜井さんは、自分の背中のエロテロ状態になど、まるで気がついていない様子で、ノンキに頰杖《ほおづえ》をつき、可愛《かわい》らしい唇《くちびる》をわずかに尖《とが》らせ涼しい顔で黒板を見つめている。

俺を含むリビドーの塊《かたまり》の男子生徒たちの、嬲《なぶ》るようなイヤらしい視線に晒《さら》されているというのに！

……まさか、わざと見せて俺を挑発しているとか？　あんな清純そうな顔をして、まさかまさかまさか。

いやっ、それはない。

ブルブルブルと、勢いよく顔を横に振ると、桜井さん隠れ淫乱《いんらん》説を即座に否定する。

そうだ。俺の憧《あこが》れの桜井さんの属性は、無邪気かつ無防備かつ天然であるからして、あのセクシーなブラジャーに、悪気もなければ特別な意味もない。きっと、母親か姉かがサイズを間違えてブラジャーを買ってしまい、捨てるのも勿体《もったい》ないからと、桜井さんのモノになり、何も考えずに身に付けて、シャツから透けていることなどまるきり気がついていないだけなのだ。

邪気も悪気もなく身に付けたブラジャーが男の欲情をかきたてる色であったがために、本人のあずかり知らぬところで性欲の塊《かたまり》のような17歳男子に視姦《しかん》されるだなんて。嗚呼《ああ》、可哀想《かわいそう》な桜井《さくらい》さん。

　今すぐ駆け寄って上着をかぶせたい気持ち——現実的にはできない。だって、そんなことをしたらクラスの皆に冷やかされてしまう——と、もっと見ていたい気持ちとがせめぎ合い、俺の心臓は、まるで活《い》きのいい男衆に打ち鳴らされている太鼓のように、踊り猛《たけ》りくるっている。

　あまりの高鳴りに、鼓動が周りに漏《も》れてないだろうか、と俺はふと不安になり、そして、奇妙なことに気がついた。俺の心音どころか、桜井さんと俺の席の間にいるクラスメイトの誰《だれ》も、透《す》けブラについて気にしている様子はないのだ。

　普通は後ろの席の女子が注意するだろ。男子なら思わず見つめちゃうだろ。

　なぜだ。腑《ふ》に落ちん。首を傾《かし》げていると、突如《とつじょ》、桜井さんは何かを思いついたかのように、背筋をピンと伸ばしたかと思うと、くるりと振り返った。

　ばっちりと交わる視線と視線。その眼差《まなざ》しは、迷うことなく的確に俺を捕らえていた。

　心臓に住む太鼓叩《たた》きのマッチョなフンドシ男が、ドドン、と力強くバチを振り下ろし、俺の心臓がびくりと跳ね上がったと同時に、

「あはあうっ？」

　驚いて思わず声を漏らしてしまった。まさか桜井さんが振り返るだなんて、しかも視線が合

っちゃうだなんて。

授業中に奇声を発するなんて、基本的にチキンな心臓の持ち主である俺としてあるまじき行為。慌てて周囲を窺《うかが》ったが、みな、俺の不審な挙動など気にかける様子もない。

なんだこの空気扱い。ほっとしたのもつかの間、違和感を覚えた。

教卓にいる国語教師の菅原夏子《すがわらなつこ》先生こと、夏ちゃんでさえ、大声をあげた俺を諫《いさ》めるでもなく淡々と授業を進めている。叫んだと思ったのが声に出ていなかったのだろうか。そんなわけはないと思うのだが……ひょっとしてそーいうイジメ？　空気扱いされてる系？　腑に落ちないまま、そのまん丸な瞳《ひとみ》で俺を見つめている桜井さんから、慌てて目を逸《そ》らすと、机の上に広げた国語の教科書へと視線を落とした。

落ち着け、俺。とにかく落ち着くんだ。

ちっとも頭に入らない教科書の文字を目で追いつつ、深呼吸して、心臓をドンドコと打ち鳴らし続けているフンドシさんをなだめていると、石鹸《せっけん》のような甘くていい匂《にお》いがふわりと鼻をくすぐった。

こ、今度はなんだ。

思い切って顔を上げると、机を挟んだ30㎝ほどの距離で、すっきりとした額《ひたい》にぱらりと掛かる前髪の下、黒目がちな瞳《ひとみ》が、じっと俺を覗《のぞ》き込んでいた。

な、なぜ桜井さんがここにいる？

一度も話したことのない、桜井《さくらい》さんとの近距離かつ真正面での急接近。

ドックン。ようやく少し穏やかになったと思えたフンドシさんが、再び力いっぱい心臓にバチを振り下ろす。

「うっあ、さ、桜井……今、授業中だぞ」

桜井さんは困ったように首を左に傾《かし》げたまま、口角《こうかく》を上げてにっこりと微笑《ほほえ》んだ。

健康的な淡桃《うすもも》色の頬《ほお》に、やや前に突き出たアヒル口の唇《くちびる》。顎《あご》のラインで切り揃《そろ》えられた薄茶色のボブヘアーからは、胸がキュンとするシャンプーの清潔な匂《にお》いが漂《ただよ》ってくる。

か、可愛《かわい》い。

こんな状況なのに、俺は至近距離にいる桜井さんに、うっとりと見とれそうになり、慌てて視線を逸《そ》らす。すると、赤色の布で覆《おお》われたふたつの丸いふくらみが、窮屈《きゅうくつ》そうにシャツを押し上げているのが目に入った。

「おわっす!」

猛烈に刺激的なその光景に、俺は一瞬我を忘れて、危うく凝視しかけてしまった。まずい。少しでも気を許すと、視線を吸い寄せられそうになる胸のふくらみを意識の外へと追いやるために、寄り目にして焦点をずらし、なんとか耐えていると、桜井さんが可憐《かれん》な唇を開いた。

「ねぇ、何を見ていたの?」

ズッキン! 手元がくるったフンドシさんが、うっかり自分の左手を右手に持ったバチで叩《たた》いてしまったかのように、心臓に痛みを覚えた。

「い、いや、別に」

「わたしのブラジャーがそんなに気になる？」

「ぐおっ」

ド直球だが剛速球。しかもデッドボールだ。

「しょうがないな、見せてあげるよ」

「ええっ？」

驚いて椅子《いす》ごと後ずさった俺に、桜井さんは意味深な笑《え》みを投げかけながら、人目も気にせずに、ボタンに手を掛けて、ゆっくりと外《はず》し始めた。

1つ目のボタンを外すと、ほっそりとした喉《のど》と華奢《きやしや》な鎖骨《さこつ》が現れた。肌はきめ細かで、いかにもすべすべとしていそうだ。

2つ目のボタンで谷間が見え隠れする。予想外に深い。

たまに体育のときなど、横目で盗み見て、胸がでかいことは知っていた。しかし、これほどまでとは。もしもキャミソールなんて着て街を歩いた日には、このマリアナ海溝には男の視線が痛いほど降り注ぐことだろう。

心臓はまさに乱れ打ち。檜《ひのき》舞台の上、フンドシさんはまるで水を得た魚のようにズンドコズンドコと力強く打ち叩き始めた。大丈夫か、俺の心臓。そして、桜井さん、俺を殺す気か。

しかし桜井《さくらい》さんは、挑発的ともいえる笑《え》みを浮かべたまま、３つ目のボタンを外《はず》した。扇情的《せんじょうてき》な総レースのブラジャーに包まれたまんまるのおっぱいが半分、露《あら》わになった。

ドンドコドンドコドンドコドンドコ。

達人のバチがさらに力強く俺の心臓太鼓に打ち下ろされたかと思うと、乱れ打ちが始まった。

ブラジャーの真紅と白い肌の対比が艶《なま》めかしく、はみ出した上乳は、綺麗《きれい》に半球型に盛り上がっている。桜井さんが息をするたびに、全体が小刻みにぷるるん、ぷるるん、と揺れて、いかにも柔らかそう。しかも生地は薄く、レースの隙間《すきま》からは肌が透《す》けて見える。ひょっとして、もうひとつボタンを外せばバストトップまで……ああっ。

もはや心臓は爆発寸前。いつの間にやら、複数に増えたフンドシさんたちが、楽しげに跳ねたり回ったりしながら、バチを振り回して暴れくるっている。

「見たいんでしょ？」

いや、マズい、それはマズい。俺はあわあわと両手を振って制止した。しかし、フンドシさんはさらに喜び勇み、俺の心臓を打ち鳴らす。

「ちょーっ！　今、授業中だし、いや、授業中っていうか。ああっ～っ。大胆すぎるっ」

「そうよー。今は授業中なのに、ずいぶんと大胆ねー」

呆《あき》れたような口調の女性の声が割り込んだかと思うと、脳天《のうてん》に激痛が走った。

「痛《いて》えっ」

後頭部を押さえて顔を上げると、目の前にあったのは、現国の教科書を手に持った夏《なつ》ちゃんの顔だった。

「よく寝てたわねー、大城哲太《おうじょうてった》クン」

「イテテテ」

俺はずきずきと走る痛みに顔をしかめる。どうやら教科書の角《かど》でガツンとやられたようだ。

「そうか、夢か……」

ようやく合点がいったと同時に、俺はクラス中の注目を浴びてしまっていることに気がついた。手の平に汗が滲《にじ》む。こういうふうに目立つのは苦手だ。このまま消えてなくなりたい気持ちで両手をぎゅっと握り締めると、俺はそっと隣列の3席前に座っている桜井さんを窺《うかが》う。

桜井さんは、俺のせいで授業が中断されていることなど気にも留めない様子で、教科書をじっと読み耽《ふけ》っている。非難がましい目で見られていないことは僥倖《ぎょうこう》だが、まるで興味がないとばかりにスルーされているのも少し寂しい。

「授業、つまんないかもしれないけど、ちゃんと聞いてくださいねー」

夏ちゃんはそう言い残すと、俺にくるりと背中を向けた。白いリボンタイ付きのブラウスを着た背中に、くっきりと黒いブラジャーの線が透けている。これが印象に残っていて、あんな夢を見たんだろう。

夏《なつ》ちゃんが教壇へと戻ると同時に、皆の注目も自然と俺から逸《そ》れた。俺はほっとため息をつくと、桜井《さくらい》さんの姿をもう一度盗み見る。

白いシャツの上に、しっかりとベージュのベストを着込んでいる。なんとなくがっかり。

ようやく迎えた放課後。ピンと張っていたゴムが急に緩んだような開放感に、教室は浮き足立ち、ざわついている。

机の上に座り、足をぶらぶらと揺らしながら雑談に興じるグループに、鏡を取り出して化粧を直しつつ、どこに遊びに行くかの相談を始める派手系女子たち。携帯ゲーム機で対戦を始める奴《やつ》らに、運動部に目当ての男でもいるのか、窓辺に張り付き、真剣な眼差《まなざ》しでグラウンドを見つめる者など……あっという間に過ぎてゆく時間への焦燥《しょうそう》感と、微熱を孕《はら》んだ倦怠《けんたい》感とが交じり合い、雑然とした空気が充満して窒息《ちっそく》しそうだ。

「多賀雄《たかお》さ、そんなに顔を近づけたら何も見えなくないか？」

俺は数学の教科書をスポーツバッグタイプの通学鞄《かばん》に仕舞い込みながら、親友の香本《こうもと》多賀雄に言った。

「見えなくていいんだよー、哲太《てった》クン。なぜなら、ナナちゃんのこんなエッチな格好、ばっちり見たら罰が当たりそうだからね。っていやいやいや、むしろ当てて欲しい！　お仕置きとかされたい！　それにしても、この至近距離から眺めると、こう、うっすらインクの向こうに透《す》けて……」

多賀雄は、わざわざ昼休みに学校を抜け出して買ってきたアイドルの写真集の間に、頬擦《ほおず》りする勢いで顔を埋めたまま悶《もだ》え叫んだ。

「……お前、バカか」

写真集のアイドル・北條《ほうじょう》ナナの胸の辺りをすりすりと撫《な》で回している多賀雄は、どこからどう見ても立派な変態だ。何に影響されたのか、このところ後ろ髪と前髪を伸ばして、ワックスで散らし、ウルフカット風にセットしているが、いくらイケメンふうの髪型をしたところで行動がキモくては台無し。その証拠に、俺の隣の席の女子は、軽蔑《けいべつ》の表情を浮かべ、さっさと帰ってしまった。もっとも、その空《あ》いた席には今、多賀雄がどっかりと腰を降ろしているのだから皮肉なものだ。

「バカとはなんだよ。バカはむしろ、ナナちゃんのこの美しさを理解できない奴だろう」

うっとりと恍惚《こうこつ》の表情を浮かべている多賀雄に、何を言っても無駄だと判断した俺は、反応するのをやめて帰り支度に専念することにした。

だいたい、俺が授業中にヘンな夢を見たのだって、夏ちゃんの透けブラに加えて、この写真集のせいでもあるに違いない。

昼休みに多賀雄が「ナナちゃんの赤いブラジャーがセクシーすぎる」と連呼していたのが脳《のう》裏《り》に残っていたからだろう。

「でも俺、正直いって、ナナちゃんのそういう格好って見たくねーんだよな」

写真集の売りは、著名な外国人アーティストが撮影したことと、ボンデージスーツやエナメルのビキニに鎖や鋲《びょう》、黒や赤や紫色のランジェリーなど、今までになくアダルトでSMチックな衣装に挑戦していることらしい。俺のツボからはことごとく外《はず》れている。しかし、節操も見境もない多賀雄《たかお》は、エロいヤバいと騒がしいこと極《きわ》まりない。

「はぁ？　そういう格好って何。これ以上何を求めるの？　こんなエッチな格好をしてくれちゃってるのに、さらにもっと脱げとはお前、ひどい男だな」

「だから、そういう意味じゃなくって」

目の前に差し出されたページにちらりと視線を走らせると、すぐさま押し返して言う。

確かに俺だって、まだリアルには見たことのない女体には興味津々だ。さらには北條《ほうじょう》ナナの出ているドラマや映画は、すべてチェックするくらいの大ファンでもある。

しかし、そのふたつのコラボレート……ひとことで言うと、北條ナナのエッチな姿が見たいかというと、それは少し違う。

そもそも、北條ナナのファンになったのは、密《ひそ》かに思いを寄せているクラスメイトの桜井《さくらい》さんに似ているからであって、そんな北條ナナに、非日常的で過激な格好をされると、まるで桜井さんの露《あら》わな姿を覗《のぞ》き見ているようで、気が引けてしまうというのが、正直なところ。悲しいかな、俺のチキンぶりはこんなところでも発揮されてしまう。

「俺はさぁ、こういうさぁ、非日常的な格好とかじゃなくって、もっと、日常的なほうが好きなの。露出とかもあんまりなくっていいの。むしろノースリーブのシャツから覗く腋《わき》とかさ、ちょこっとはみ出した白いブラジャーの肩紐《かたひも》とかさ」

「お前、逆にマニアックだと思うぞ、ソレ」

「そんなことねーよ、サンダルを履《は》いた足のつま先とかさ、なんかいいじゃん」

「それなら俺はブーツでムレムレになった足の指の間の匂《にお》いのほうが……」

「バッカじゃねーか、女子といえばシャンプーの匂いと決まってるだろうがよ」

「いや、それならばむしろ俺は頭皮の匂いにズキッとくるけどなー」

弱冠《じゃっかん》17歳にして、どう生まれ育ったら多賀雄のような変化球オンリーの性欲の持ち主になれるんだ。

「だいたい、ナナちゃんはこんなに頑張っているというのに。ＳＭだぞ？　ＳＭ。それをつま先のほうがいいとか言われたら……可哀想《かわいそう》すぎて俺は泣けてきた」

「だからー。俺が興味ないってだけで、お前が好きならいいじゃんかよ」

「いや、納得できん。これでもお前はつま先がいいと言うのか」

侘《わ》びや寂《さ》びという言葉が、この世の中にあることさえ知らない多賀雄は、おせっかいにも両手でページを広げ、突き出した。

「……おわっ」

北條《ほうじょう》ナナは、ブラジャーを外《はず》して手だけでバストトップを隠している、いわゆる『手ブラ』といわれるポーズをとっていた。

いくら、チラリズム派の俺といっても、上半身のほとんどが露《あら》わだと、悲しくも健康な高校生男子の習性には抗《あらが》えずに、ついつい見入ってしまう。

かすかに発光しているかのような真っ白い肌。しどけなく乱れた豊かな髪と華奢《きゃしゃ》な鎖骨。コルセットで締め上げられた腰は、作り物のように細くクビれ、アンバランスにも超ボリュームのバストは、両手に収まりきらず、危うげに溢《あふ》れ出している。

薄い脂肪に覆《おお》われた平らな腹部から続くなだらかなカーブ。小さなパンティーがぴたりと股《こ》間《かん》に貼《は》り付き、その下にはバービー人形のように長い脚が続いている。砂糖細工のように端整な目元に、小ぶりだけれどもつんと尖《とが》った鼻先、半開きに開《あ》いたぽってりとした唇《くちびる》の間からは、施《ほどこ》された口紅よりも赤い舌先が、ちろりと覗《のぞ》いている。

やっべぇ。

想像以上の露出度だった。そしてやはり、桜井《さくらい》さんに似ている。

刹那《せつな》、桜井さんの手ブラ姿を妄想してしまい慌ててそれを打ち消す。自粛《じしゅく》しろ俺。

「ほらー、見て良かっただろ？　まぁ、このお代はコーラ1本くらいで」

まるで自分の手柄だといわんばかりの、得意げな笑《え》みを浮かべて多賀雄《たかお》が言った。

「なんだよ、金取るのかよー」

文句を言いつつも、帰りに書店に寄り、買おうかどうか迷いながら、自分の財布の中身を思い返していると、

「きゃーエッチな本ではないですか」

甲高《かんだか》い声が背後から響き、とたんに閃光《せんこう》が走った。

「学校に堂々とエロ本を持ち込むとは何事かっ」

油断しているところに強力な光を浴びせられ、目をちかちかとさせながら振り返る。学校内のゴシップにやたらめったら詳しいことから、パパラッチ舞《まい》との異名をとる――もっとも、本人は、ミリタリーマニアでもあり、戦場カメラマンに憧《あこが》れているらしい――クラスメートの成沢《なるさわ》舞が首からデジタル一眼レフカメラを提《さ》げて立っていた。

「ち、ちげーよ。コレは多賀雄のだっつーの」

俺は慌ててページを閉じて、桜井さんの席を窺《うかが》い、続けて教室を見回す。セーフ。すでに帰ったのか、教室内にはいなかった。

安堵《あんど》のため息をついていると、舞が俺の手から写真集を奪い取ってひゅう、と口笛を吹き、

「しかもSMとはアブノーマルな」と呟《つぶや》いた。

「ちょっ、返せよ」

焦《あせ》る俺に構わずに舞は、ぺらぺらとページを捲《めく》る。

「大城《おうじょう》クンのだろうが、そっちの……えーと、なんだっけ、髪がボサボサの……彼のだろう

が、教室でエロ本読んでることには変わりないと舞《まい》は思うのでありますっ」

「えー、ちょっと舞ちゃんーなんで俺の名前だけ忘れちゃってるわけー。香本多賀雄《こうもとたかお》だよー。こんなハンサム、フツー、忘れなくない？」

「あー、いや、失礼いたしましたぁ。悪気はないのでありますが、ノルマンディー上陸作戦で言うと、あっさりと相手の銃弾に倒れて上陸もできない雰囲気であるからしてつい」

「何それ、映画の話かなんか？」

「確かに映画にもなっておりますが……」

「つうことは何よ。俺が映画俳優並みってこと？　さすがの俺でもそこまで褒《ほ》められるとちょっと照れるわな。でも、嬉《うれ》しいよ、センキュー」

「始まって3分で死ぬ運命《さだめ》と言われて嬉しいとは、奇特でありますが……」

「美人薄命っていうからなー。イケメンも薄命ってことかぁ、無常だなぁ」

「舞は、一言もイケメンなどと言ってはいないのですが……それにしても、大城《おうじょう》クンが、アブノーマル寄りの嗜好《しこう》の持ち主だったとは、意外であります。シャイ系だと思ってたのに、ただの変態さんだったと認識を改めねば」

「いやいやいやいや、俺はノーマルだから！」

「プロフィールデータの補正が必要でありますな」

舞は、高めの位置に結《ゆ》ったポニーテールをさらりと揺らしてポケットから手帳を取り出した。ぱっちりとした二重の目が好奇心で光り、淡いピンク色の唇《くちびる》は、獲物を見つけた喜びに溢《あふ》れている。今にも舌なめずりせんばかりの表情で、シールやらきらきら光る石やらでデコレートした手帳に、何やら書き込み始めた。

「ちょっ、何メモってんだよ」

多賀雄が覗《のぞ》き込むと、舞は慌てて手帳を背中に隠した。

「ダメであります。これは舞の命の次に大切な取材メモでありますからっ」

慌てて後ずさったかと思うと、ひらりと身を翻《ひるがえ》し、オレンジのような甘酸っぱい匂《にお》いを残して去って行った。

「おー、恐るべしパパラッチ舞」

多賀雄が、舞の後ろ姿を見つめながら、ぼそりと呟《つぶや》いた。

「何が恐るべしなんだよ」

俺は、どっと疲れを感じて椅子《いす》に座り込んだ。

「いやぁ、ちらっと見えた舞の取材メモにさ、夏《なつ》ちゃんの今日のパンツの色と素材まで書いてあったもんだから」

一昨年、大学を卒業したばかりの新米教師の夏ちゃんは、小柄で細身、ふんわりとカールをつけたセミロングヘアーを後ろでひとつに結び、いつも就職活動中の大学生のようなスーツを着ている。舌足らずで間延びしたしゃべり方はゆるゆるで、先生というよりも隣のお姉さん的な雰囲気。慕われてはいるが、教師としての威厳はゼロ。生徒たちからも、まるで友達扱いで、夏《なつ》ちゃんと呼ばれている。もちろん、本人的には不本意らしいが、緩《ゆる》いしゃべり方のせいか、怒っても叱《しか》ってもまるで迫力がない。自分でもそれに気がついているのか、最近は問答無用に教科書や出席簿の角《かど》で、ごちんと頭を叩《たた》くという荒技を使うことが多い。俺も今日、見事に一発食らっている。

「……黒のレースだって。ああ見えてやっぱり大人なんだなぁ。それとも、彼氏の趣味とかでエロいやつ、穿《は》かされたりしちゃってんのかな」

多賀雄《たかお》が鼻の下を伸ばしながら言う。

「おまえの想像力も大したもんだよ」

俺は呆《あき》れて呟《つぶや》くと、鞄《かばん》を持ち上げて騒がしい教室を後にした。やっぱり帰りに書店に寄るという、ひそかな決心を抱えて。

再婚相手のS、ままならぬ人生のM。

冷蔵庫の中には、コーラの５００㎖ペットボトル３本しか入っていなかった。

そのうち１本を取り出して、キャップを捻《ひね》る。

キッチンとカウンターで仕切られたダイニングと、そこからぶち抜きになったリビングルームとを合わせて12畳ほどの居間に、ぷしゅりという間の抜けた音が響いた。

コンビニで買ってきた中華ヤキソバを電子レンジで温めると、空《から》のプラスチック容器が山のように詰まれたダイニングテーブルを横目に、リビングへと向かった。

床に散らばった漫画誌や、脱ぎ散らかした洋服を足で掻《か》き分け、なんとかひとり分のスペースを確保すると、絨毯《じゅうたん》の上へ座り込む。

「うう、麺を食ってもヒトリ……」

俺はヤキソバをすすり上げるとひとりでぼやいた。

飯を食い終えたら、溜《た》まりに溜まった汚れ物を洗濯機にブチ込まないと、そろそろ学校へ履《は》いていく靴下やトランクスがない。シャツはお金がもったいないがクリーニング。アイロン掛けが面倒なこともさることながら、そもそも今の我が家には、アイロン台を広げるスペースがない。

散らかり放題に物が溢《あふ》れかえった部屋をうんざりと見回しながら、せめてテレビでもつけようとリモコンを探したが、散らかった床のどこにあるのか見つからなかった。探すのを諦《あきら》めて、仕方なく代わりにノートパソコンの電源を入れる。

チャリラリランとノーテンキな音が響き、画面が立ち上がった。

デスクトップの壁紙は、北條《ほうじょう》ナナの画像だ。青々とした芝生にぺたりと座り込み、チェックのミニスカート姿で、こちらを覗《のぞ》き込むように首を傾《かし》げている。

ボブカットにベレー帽を被《かぶ》っているこのショットは、くりくりとした瞳《ひとみ》といい、柔らかそうな唇《くちびる》から覗く、リスのような少し大きめの前歯といい、かなり桜井《さくらい》さんに似ているから気に入っている。

本当は北條ナナではなく、桜井さんの写真が欲しいのだが、同じクラスになってもう2か月ほど経《た》つというのに、話したことすらないのだから絶望的だ。

自分の意気地のなさを不甲斐《ふがい》なく思いながらもメールをチェックする。

北極圏にいるはずの親父《おやじ》から、メールが届いていた。

「お、親父からメールだ。珍しい」

親父の職業は冒険家だ。もともとはネイチャー系のカメラマンだったのだが、昨年、俺が高校に入学したのを境に、本格的な冒険家に転向した。放任主義とやらを都合よく振りかざし、未成年の俺をほったらかして1年のほとんどを、世界中を放浪して過ごしている。親としては無責任極《きわ》まりない。

母親は、いない。

俺が生まれた直後に失踪《しっそう》してしまったと聞いている。失踪の理由は教えてもらっていない。それどころか、家には写真の一枚すらもない。失跡当時、まだ乳飲み児《ちのご》だった俺は、母の記憶だってもちろんない。

小さい頃《ころ》から不憫《ふびん》だ難儀《なんぎ》だと言われて育ってきたが、最初から当たり前にいなかったものだから、逆に母親のいる生活の想像がつかない。

お祖母《ばあ》ちゃんも死んだ今、俺の家族というのはフーテンの父、哲夫《てつお》だけ。

で、アイツは今、どこで何をしてるんだ。

「えーと、なになに、今はグリーンランドにいて……はっ？」

俺は、驚きのあまり、ヤキソバの麺《めん》を口から半分垂らしたまま目を擦《こす》った。そして、大きく深呼吸して自らを落ち着かせると、もう一度モニターに目をやった。やはりそこにあるのは『再婚』の2文字である。

「マジかよ」

高鳴る心臓と先走る感情を抑えつつ、ゆっくりと親父からのメールを頭から読み返した。

拝啓　哲太《てつた》様

すっかり春めいてまいりましたがいかがお過ごしでしょうか。といっても父さんのいるグリーンランドは、相変わらず雪に覆《おお》われています。

さて、突然ですが、父さんは再婚をすることになりました。紫《ゆかり》さんというとてもステキな女性だ。

本当ならば、東京へ帰って、直接紹介するのが筋だと思うのだが、日本を発《た》って以来、父さんとともに旅をしてきた大切なパートナーである犬のチョビンちゃんが産気《さんけ》づき、とても帰国できる状況にありません。

すまん哲太《てった》。でも、わかってくれるよな?

ちなみに紫さんには、2人の連れ子がいる。

きょうだいが一度にできることになるから、家も賑《にぎ》やかになっていいだろう。

というわけで、また。夏前には帰れると思います。

追伸：紫さんは、お前がひとりぼっちで生活していることを大変気にしていて、準備が整い次第、同居を始めるつもりだとのことだ。健闘を祈る。

敬具　父・哲夫《てつお》

相変わらずバカな親父《おやじ》だ。健闘って誰《だれ》と闘うんだっつーの。しかし。

「再婚って、マジか」

呆然《ぼうぜん》と呟《つぶや》いてコーラを口に含んだ。

再婚ということは、俺に義母《かあ》さんができるわけだ。

義母さん。

普通の家庭にはあって、俺の家にはないもの。小さい頃《ころ》はだいぶ憧《あこが》れた存在だった。

クリスマスにも誕生日にも、何もないただの日にも、何度も何度も、母さんが欲しいと親父に頼み込み、時にはなぜ俺にはいないのだと泣きながらなじったこともあった。いつも親父は、困ったように首を横に振り、仕方がないだろうと諭《さと》され続けてきた。

それが今になって、急に再婚するだなんて。義母さんができるだなんて。正直、いまいち実感が湧《わ》かない。

義母さんができるということは、この汚い部屋でひとりで出来合いの飯を食うとか、床に散らばった靴下が洗濯済みか否かを臭《にお》いを嗅《か》いで判別するとか、寝て起きて6時だったときにそれが朝か夜かわからずにひとりで焦《あせ》ったりとか、少なくともそういう孤独とはオサラバできるわけで……。

「いいじゃん、それ」

俺は、驚きと戸惑いと喜びとが入り交《ま》じった複雑な感情を持て余し、ひとり暮らしの弊害《へいがい》のひとつであるひとり言を連発する。

「いや、でも、ちょっと待てよ」

親父《おやじ》の再婚相手と同居することは、気ままで好き勝手で怠惰で、この上なく心地良いひとり暮らしをも手放すことになる。

朝から晩までテレビゲームをし、翌日は風邪をひいたふりをして学校を休もうと、3食とも大好物である牛丼《ぎゅうどん》を食べようと、アダルトビデオをリビングルームの42インチフルハイビジョンテレビで心ゆくまで堪能《たんのう》しようと、誰《だれ》にも諌《いさ》められはしないフリーダムな俺の生活が。

だいたい、母親とは、思春期の俺たちにとっては邪魔な存在ではなかろうか。多賀雄《たかお》だっていつも、エロ本を勝手に捨てられたとか、成績表を見せたら小遣いを減額されたとか、愚痴《ぐち》ばかり言っているではないか。

そもそも、基本的には母親って自分を生んだ存在のコトをいうもんだし、育ての母親という言葉があるのも知ってはいるけれど、俺はもう成人一歩手前までは育っちゃってるし。むしろ、俺の母親ができる、というよりは、親父に奥さんができると考えたほうがいいのかもしれん。

男手ひとつで仕事をしながらも、できる限りの愛情を注いで、俺を育ててくれた親父には感謝しているし、そんな親父が選んだ人ならば、俺が文句を言う筋合いはない。否応《いやおう》なくウエルカム。親父がモテるとは思えないから、美人であって欲しいとかの贅沢《ぜいたく》は言わない。ただ、フリーダムな生活を手放す見返りとして、料理が上手で、掃除が得意な人だと助かる。そこが打算的な俺の最低ラインだ。

そんなことを考えながら、親父にとりあえずは祝福のメールを打ち返そうとしたが、インターフォンに邪魔された。

宅配便が届く予定はない。となると、新聞の勧誘か電波の押し売りか……どちらにしてもアポなしで訪れる訪問者に歓迎できる相手はない。いつものように無視を決め込み、食べ終えたヤキソバの容器を、コンビニのビニール袋に押し込んでいると、ガツン、という衝撃音が響いた。

「おわっ、な、なんだ」

俺は、首を伸ばして、恐る恐る玄関を窺《うかが》う。と、

「タノモー」

という若い女の声とともに再び何かが激しくぶつかる音がして、ドアが振動した。

「タノモー？　ああ、頼もうか……って……道場破り？」

ドアを開《あ》けて応対すべきか、このまま居留守を使い続けるべきか、とりあえず玄関へと小走りで向かうと、覗《のぞ》き穴からドアの向こうを窺った。

マンションの廊下には、３人の女性が立っていた。

まっさきに目に入ったのは一番手前で、両腕を腰に当てて仁王立ちの女の子だ。

俺と同じ年か、少し上くらい。ボリュームのある金髪ロングのカールヘアーにピンク色のニット帽を被《かぶ》り、ぴったりとした小さめのＴシャツにデニムのミニスカート。それでいて足元は

ブーツという冬だか夏だかわかりづらい格好。

ただでさえ大きな目を、濃いアイシャドウで強調しまくって、睫毛《まつげ》にはご丁寧《ていねい》にキラキラと光るラインストーンの飾りまで施《ほどこ》されている。カテゴリーでいうとギャル。同じ人種がクラスメイトの中にも数人いるが、気合いの入り方が違う。クラスにいるのが、パギャルだとすれば、こっちはギャル誌の読者モデル級。

その隣で困ったような顔付きで頬《ほお》に手を当てているのは、和服姿の女性。年齢は30代に手が届くかというところ。こちらは大和撫子《やまとなでしこ》という言葉がぴったりの和風美人。初雪のようにやや青白んだ肌に映《は》える薄紫色の着物。涼しげで切れ長の瞳は、ぞくりとするほどの色気を含んでいる。

そしてもうひとりは、ミニ丈のセーラー服姿の女の子。薄茶色のショートヘアで、血統書付きの小型犬を彷彿《ほうふつ》とさせる人懐《ひとなつ》っこい笑《え》みを浮かべている。制服を着ているからかろうじて中学生だと判断できるが、私服だと小学生と間違われそうなほどちっこい。こういっちゃ悪いけど、おっぱいなんかもまだぺったんこ。けれど、くりくりとした瞳に、健康的な淡いピンク色の頬、まるで蕾《つぼみ》のような可憐《かれん》な唇《くちびる》は、文句なしの美少女だ。

「おお、これはまさか……」

親父《おやじ》の再婚相手プラスその子供たちだろうか。

もう一度、息を潜《ひそ》めてドアの外を窺《うかが》う。

想像のかなり上を行くビジュアルだ。俺の胸が、バチで叩《たた》かれようにズドンと高鳴った。本日2回目のフンドシ祭りが始まる予兆。

俺の好みから言うと、セーラー服の子だけれど、和服美人も捨てがたい。いやいや、この際、話しかけづらくて、普段は指をくわえて見ているだけのギャルっていうのもいいかもしれない。ああ、どうしよう、胸がドキドキして苦しいよ、父さん。

別に選ぶ必要はないのだが、悲しき男の性《さが》か、ついつい値踏みをしていると、スコープの向こうからギャルがこちらを指差して言った。

「いないみたいだしー。仕方ないから蹴破《けやぶ》っとく？」

これまたギャル特有の、癇《かん》に障《さわ》る面倒くさそうな口調だが、言葉の端々に棘《とげ》があり、相当イラついているように聞こえる。

「ちょ、蹴破るって乱暴な」

と、対処する暇《ひま》もなく、ギャルが健康的にパンと張った脚を大きく振りかぶった。

「うおっ」

めくれ上がったスカートからちらりと、これまた派手なショッキングピンク色のパンティーが覗《のぞ》く。と、同時に眼球に衝撃を感じて、反射的にしゃがみ込んだ。

「痛《いて》ててて」

ドアを蹴飛《けと》ばされた振動で、ドアスコープに目の周りをしたたかに打ち付けてしまった。

「ら、乱暴な」

　しかしドアの向こうからは、

「うぬー。開《あ》かないわねー。よし、もういっちょう」

　という声が漏《も》れ聞こえてくる。

「ちょっ、やめてくださいっ」

　慌てて立ち上がった俺がドアを開けたのと、ギャルがドロップキックをかましたのは、ほぼ同時だった。細く尖《とが》ったヒールの先が２本、ぐさり、と股間《こかん》に突き刺さった。

「おわっ、あう――――っ」

「なあんだ、いるじゃないのよ。なんで居留守使ってるわけ」

　ギャルは、玄関先で転がり、悶絶《もんぜつ》している俺の頰《ほお》を右手でぎゅっと摑《つか》むと、無理やり自分のほうへ顔を向けさせて言う。

「おわ。どーしよー、ママ。こいつ、白目剝《む》いてるー。きもーい」

「ああっ、哲太《てった》さんっ、大丈夫かしら」

「うーむ。楓《かえで》の経験上、股間は本当にヤバいですからねー。痛みは痛みで制する的な感じですねー。とりあえず、気付けに殴《なぐ》ってみるのはどうですかねー」

　と、今まで経験したことのない鋭い痛みが両頰に走った。

「あふぅっ」

思わず意味不明な叫び声が喉《のど》の奥から漏《も》れる。さらにもう一回、頬《ほお》を張られた。痛い。確かに痛いのだが、しかし、針に刺されたように一瞬だけ鋭く痛んだ後、むしろ爽快《そうかい》感が広がった。股間《こかん》ショックで混乱した頭から霧《きり》が晴れ、すっきりとクリアになっていく。同時に息が詰まるような股間の痛みも緩和してきた。

気がつくと、心配そうな顔で俺を見下ろす和服美人、自分が痛いわけでもないのに、今にも泣き出しそうに目を赤くしているセーラー服の美少女、そして気まずそうな顔で鼻の頭をぽりぽりと掻《か》くギャルの姿があった。

「あああああ、あの、もう大丈夫っす」

俺はゆっくりと上半身を起こすと首を横に振った。

「良かったわぁ」

和服美人はほっと息をつく。

「で、あなたはどこのどなたでしょうか……ってまあなんとなくはわかってはいるんですが」

俺の推測どおり、和服美人は、姿勢を正して言った。

「初めてお目にかかります。わたくし、大城《おうじょう》哲夫《てつお》さんと再婚することになりました、紫《ゆかり》と申します」

頭を下げると、大きく抜いた衣紋《えもん》から真っ白いうなじが覗《のぞ》いた。俺は見てはいけないものを見てしまった気分で、ドギマギしながら慌てて頭を下げる。やはり親父《おやじ》の再婚相手だったようだ。

「ということは……俺の義母《かあ》さんということに？」

「はい、お恥ずかしながら……」

紫さんは、頬を赤くすると、はにかんだ笑みを浮かべた。

ああ、こんな美人が義母さんになるだなんて。

棚から牡丹餅《ぼたもち》というのか、ひょうたんから駒というのか、むしろ鴨《かも》が葱《ねぎ》を背負ってきたというのか……親父様、俺はあなたのことを見くびっていました。ごめんなさい。

地球のはるか裏側にいる親父に、心の中で謝罪を述べていると、視界にピンク色の塊《かたまり》が飛び込んできた。

「ちょっとちょっと、あたしたちの存在、忘れられたら困るんだけどー。あたしは結《ゆい》。とりあえずよろしく」

登場と見た目のインパクトが強すぎて気がつかなかったが、こうしてみると、実はかなりの美形であることがわかる。しかしせっかくの素材もグリーンのカラーコンタクトレンズと、意味不明なほどボリュームを持たせた髪の毛に合わせて金色に脱色した眉毛《まゆげ》、そしてまるで血の気をなくしたように肌色に塗った唇《くちびる》で台なしだ。いったい何をどうしたくてこんな風貌《ふうぼう》にカスタマイズしているのだろうか。

「今年19歳になるから、アンタより2つ上。で、こっちは楓《かえで》。ほら、自己紹介しなさい」

ギャルの結《ゆい》は姉、そしてセーラー服の美少女は妹に当たるらしい。正直言って、こっちはかなり俺好みの清純系。ちょっと幼すぎる気がしないでもないが、この路線のまま、もう2、3年も成長してくれたら万々歳だ。

「はじめまして、楓《かえで》です」

「あ、よろしくっす。哲太《てった》っす」

軽く会釈《えしやく》で返すと、楓ちゃんは、ちょこんと俺の前に歩み出て、ぺこりと頭をさげた。

「哲太お兄ちゃん、よろしくお願いします。楓のこと、可愛《かわい》がってくださいね」

う。か、可愛い。

思わずにやけそうになる顔を意識して引き締めた。だめだ、今日から妹だっていうのに。萌《も》えてどうする。

それにしても、いずれも劣らぬ美女3人。

この状況ってひょっとしてひょっとして、ひょっとしなくても……ハーレムというものではないか！

心臓が、うかれ太鼓のリズムで脈打ち始めた。フンドシさんも度重なる登場で和太鼓に飽きたのか、まるでこれは小気味いいパーカッションのリズム。ついでに俺も一緒に踊りたい気分だ。祝！　ハーレム！　ハレルヤ！　ハッピー！　ハレンチ！

「ちょっと哲太、動きがキモいんだけど、それ何？　なんで小刻みにぷるぷる震えてるわけ？」

「あ、いえ、ちょっとハーレム音頭を」

「は？　よくわかんないけど、とにかくお邪魔《じゃま》するわね」

俺が返事をする前に、結はさっさと玄関へ上がり込もうとしている。

「ああっ、ちょっと待ってくださいっ」

部屋の惨状を思い出し、慌てて立ち上がって、押し止《とど》めようとしたが、すでに結に続き、紫《ゆかり》さんに楓ちゃんまでもが家の中へ上がり込むところだった。

「うっわー何これっ。なんかぐにゅっとしたもの踏んだし。きもーい」

予想通り、結の叫び声が聞こえた。

ああ、ウエルカムトゥーマイごみ屋敷。

「うわー、このジュース、中に黴《かび》とか浮いてるんだけど……新手の健康法とかいうんじゃないわよね」

結がぶつくさ言いながら、ダイニングテーブルに山と積まれたゴミを、燃えるものとプラスチック容器と燃えないゴミとに仕分けている。そのほとんどが食べ終えた後のコンビニ弁当の容器やジュースの入っていたペットボトルだ。

「ううっ。すみません……汚くって」

「ごめんですめば警察はいらなくね？」

「いくら汚くても警察を呼ぶほどでは……」

「バカねー。例えよ、例え。そのまんま受け取らないでくれる？」

「……すみません」

結《ゆい》に謝りつつも、意識の半分はリビングルームの床を片付けている楓《かえで》ちゃんに向かっている。ダイニングには、腐った食べ物や黴《かび》の生えたジュースこそあれ、それ以上の危険物はない。むしろヤバいのはリビングだ。

脱ぎ散らした靴下《くつした》や漫画雑誌やこれまた飲み終えたペットボトルの隙間《すきま》で、楓ちゃんがぺたりと脚をハの字にして座り込み、捨てるものと捨てないものを仕分けているが、あそこはまさにアダルティーな地雷原に外《ほか》ならない。

なんとか楓ちゃんを違う場所へと移動させられないものかと俺は唸《うな》る。しかし俺の部屋はもっとヤバいし、今日会ったばかりの女の子に風呂《ふろ》場だのトイレだのを掃除させるのも気が引ける。和室や親父《おやじ》の書斎や寝室はまったく使っていないから片付ける必要がない。

掃除する必要があるのは俺自身の主な居住スペースだけ。

しかし、そこはアイドルの写真集やＤＶＤをはじめ、エロ雑誌にこれまたエロＤＶＤ、さらには洗ってないトランクスだとかそういう青春くさい代物《しろもの》の埋まっているエロ的重要地域であり、女子にとっては、エロの地雷原というわけだ。その危険地帯に、無防備にも丸腰で鎮座している楓ちゃんを、なんとか安全地帯へと移動させなくては。俺が悩んでいると、早くも掃除に飽きたらしい結がキレた。

「あーっ、もう、イヤっ！　なんで来た初日に大掃除とかしないといけないわけー」

「お世話になるんだから、当たり前でしょう」

まるで時代劇に出てくるお女中さんのように、着物の裾《すそ》を捲《まく》り上げ、両肩に襷《たすき》をきりりと掛けた紫《ゆかり》さんが、ぴしゃりと結を叱《しか》りつける。その剝《む》き出しになった白い二の腕にドキリとして、思わず目を逸《そ》らした。

半袖《はんそで》のＴシャツでも着ていれば、当たり前に見える部分なのだが、本来着物で隠されている部分という前提があるため、チラリズム信者の俺には眩《まぶ》しすぎる。

「ホント、すみません、汚くって。あの、とりあえずちょっと外で時間をつぶしてきてくれれば、俺、ひとりでやりますから」

というかむしろそっちのほうが助かる。……と、つんつんとシャツの裾《すそ》を引っ張られた。

「哲太《てった》お兄ちゃん、これって捨てていいですか。それとも永久保存版？」

楓ちゃんが手に持っているのは、多賀雄《たかお》から借りたエロＤＶＤだった。しかもそのタイトルはというと『お兄ちゃんが教えてあげる〜妹にエッチな悪戯《いたずら》〜』。

「おくぁっ。地雷撤去っ」

慌てて取り上げると背中に隠した。楓はぽかんとした顔をしている。その様子からすると、どうやら、エロＤＶＤだったということには、気がついていないようだ。

「あたし仕事あるのにさー。ほんとは掃除なんてしてる余裕とかないんだけどー」

結《ゆい》はまだぶつぶつ言いながらも手際よくテーブルの上を片付けていく。紫《ゆかり》さんは、台所の溜《た》まった食器を洗い終えると、襷《たすき》を外《はず》していった。

「哲太《てった》さん、ごめんなさい。そろそろ楓《かえで》と一緒に、入学手続きに学校へ行く時間で……」

おお。ナイスタイミング。しかも楓ちゃんを連れていってくれるとは都合がいい。

「どうぞ、行ってくれちゃってください。本当は紫さんたちが来る前に片付けておけば良かったわけなんすから。親父《おやじ》が知らせてきたのが今日の今日だったもんで、むしろ手伝わせちゃってごめんなさい」

「ホントにねー」

結が憎まれ口で茶々を入れた。

「お黙りなさい、結」

ぴしゃりと叩《たた》き落とすような紫さんの口調に、場の空気が一瞬にして緊張を孕《はら》んだ。

なんというか、異様な迫力だ。言葉遣いは丁寧《ていねい》だし声も小さい。なのに、この威圧感。他人《ひと》事《ごと》ながら、胃がきゅっと収縮する。減らず口が絶えない結も、まるで塩をかけられたナメクジのように、しゅんとおとなしくなった。

紫さん、怒ると怖《こえ》え。

俺はとばっちりを浴びぬよう、ひっそりと息を潜《ひそ》め、捨てる雑誌類にまとめてビニールひもをかける。力を入れて締め上げると結び目を作った。これで後は、資源回収に出すだけだ。

「哲太さん、それじゃあちょっと失礼させていただきますわ。さぁ、楓、行きますよ」

先ほど見せた迫力モードなどなかったかのように、穏やかな笑《え》みを浮かべた紫さんの視線が俺の手もとでストップした。

「……ちょっと違いますわね」

「はい？」

一番上こそコンピューター雑誌だが、その下はすべてエロ雑誌ってことがバレたか。俺は情けないことに、体を縮こませたまま紫さんを見上げる。

「その縛《しば》り方、あまり美しくないというか、きちんと締まってないというか……」

紫さんは眉間《みけん》に薄く皺《しわ》を寄せて目を細め、じっと結び目を見つめて言った。

「へ？　でも、これ、どうせ全部資源回収行きなんで、美しさは必要ないかと」

「でも、わたくしの美意識が……」

結び目の美意識ってなんだ。

「美意識ってこれ、ゴミっすけど」

「ねぇねぇ、ママ、遅くなっちゃうよ」

楓ちゃんが呆《あき》れた様子で、袖《そで》を引っ張った。

「ああ、でも結び目が……」

たしかに適当に括《くく》っただけだから、不恰好《ぶかっこう》な片蝶々《かたちょうちょう》結びだが、そんなに気になるものか。

「もしあれでしたら、学校から帰ってきてから、結び直したらどうっすか」

見かねた俺が言うと、紫《ゆかり》さんはこくりと頷《うなず》いた。名残《なごり》惜しそうな顔つきのまま、楓《かえで》ちゃんに急《せ》かされて玄関へと去っていく。

俺は、ふたりの後ろ姿を見送りながら、首をコキコキと鳴らした。ヤレヤレだ。この隙《すき》に地雷を撤去してしまおうと決意を固めたところで、背中をこつりと叩《たた》かれた。振り返ると、息を切らした楓ちゃんが立っていた。わざわざ玄関から走って戻ってきたらしい。

「言い忘れましたが、そっちのテレビの前の紙袋にまとめてあるヤツは、捨てない系のヤツだと楓が判断したものです♥」

楓ちゃんはそう言い残して再び玄関へと立ち去った。

俺は嫌な予感を覚えながら、テレビの前に積まれた紙袋を覗《のぞ》き込む。中身は全部エロＤＶＤだ。うおー。バレとるやんけ。

俺の意見などひとつも聞かずに、目についたものすべてをゴミ袋へと突っ込む結《ゆい》の思い切りの良さと、俺の奮闘――何しろ、紫さんと楓ちゃんが帰ってくる前に、すべてエロ関係のものを片付けてしまうのがノルマ――により、１時間もすると部屋は嘘《うそ》のように綺麗《きれい》に片付いた。

「この家ってこんなに広かったんだー。バッカみたいに散らかってたから、ぜーんぜん気がつかなかったし」

開《あ》け放した窓辺で、結が大きく伸びをした。Tシャツの裾《すそ》が捲《めく》れ上がり、ピアスをはめた縦長のヘソがちらりと見える。

俺は自分の家だというのになぜか落ち着けないまま、居心地悪くソファーに腰掛けながら、結に思い切ってたずねた。

「あの、結さんってうちの親父《おやじ》に会ったこととかあるんすか」

「あー一度だけね。一緒に焼肉食べたわー」

「へぇ……そうなんだ」

なんで俺だけ仲間外《はず》れにされたんだろうか。そんな俺の心のうちなど知ってか知らずか、結は目隠し代わりのレースのカーテンを指先でつまみ、窓の外を覗き込みながら続ける。

「まぁ、悪くないおっさんよね。頭皮面積あたりの毛髪量が、平均より若干少ない気はするけど」

人の親父をおっさん呼ばわりとは……たしかに髪を短くカットしてごまかしてはいるが、額《ひたい》もだいぶ後退しかけているし、とうに40歳を超しているのだが。

「なんで俺だけ会わせてもらえなかったのかなぁ」

ため息まじりで漏《も》らした。

「だって、アンタが断ったんでしょ」

「は？　どういうことっすか」

「えー。だって、親父《おやじ》さん、アンタのことも、アマゾンまで来いって誘ったのに飛行機乗るのが怖いからって断られたって言ってたし」

そういえば、ついこないだのゴールデンウィーク前だっただろうか。確かにアマゾンにいる親父から遊びに来いというメールが届いた。独立独歩《どくりつどっぽ》を主義とする親父は、当然のごとく、チケットなど送ってくるはずもない。すべて自分で手配しろということだ。いかにも面倒くさそうで、適当な理由をつけて断ったのだが、まさかそこでそんな会談が行われていたとは……親父、もっとゴリ押しで俺のこと誘えよ。

「それにしても、大変だったなぁ。ローカルの若者たちにコギャル・シブヤ・エーブイとか叫ばれながら囲まれるわ、焼肉屋で出てきた肉はクロコダイルの肉だわ」

「……クロコダイルって食っていいものなんすか」

「それがなかなか美味《おい》しかったよ？　鶏肉っぽい感じだけど、嚙《か》みごたえがあって。いわゆる地鶏系？　楓《かえで》なんか、見た目に拒否反応起こして、半泣きで口さえつけなかったけど」

「それがフツーの女子の反応だと思います」

「いやねぇ、このもやしっ子同盟が」

結《ゆい》は首をすくめると、すたすたと台所へと向かい、断りもなく冷蔵庫の扉を開いた。

「あーあ。コーラしかないじゃない。だからアンタ、ちっちゃいのよ。牛乳とか飲みなさいよ」

「いや、俺一応、１７５cmはあるんすけど」

「身長の話じゃないわよ」

「どこの話ですか」

「決まってるでしょ。違うっていうなら見せてみなさいよ」

「……いやです」

これは俗にいうセクハラとかパワハラとかいうものではないだろうか。

「ってチビといえば、楓たち、遅いねー。なんか手間取ってるのかなぁ」

しかも俺のチビから自分の妹を連想するとは、人としてどうなんだ。

「あー転入手続きっすか。ここらだと俺も通ってたＦ中っすよね」

「誰《だれ》が？」

「楓ちゃんっすよ」

結は勝手に俺が買い置いておいたコーラを取り出すとキャップをひねり、直接口をつけて喉《のど》へと流し込んだ後、眉間《みけん》に皺《しわ》を寄せて首を振った。

「違うよ、あの子、高1だし。ちなみに編入先は、私立啓華《けいか》高校。アンタと一緒よ」

「は……楓ちゃんって高校生なんすか。ずいぶんとまぁ幼く見えますね。ってアレ？」

「どーかした？」

結《ゆい》はコーラを左手に持ったまま、俺の座っているソファーへと移動し、隣へと腰を降ろして胡坐《あぐら》をかいた。スカートが捲《めく》れ上がり、またもやショッキングピンクの布地が見え隠れした。

俺は無条件反射的に目をやりそうになるのを耐えて続ける。

「いや、今、気がついたんだけど、紫《ゆかり》さんの年齢が……結さんが19歳ってことは……」

「うちのママは37歳。あたしを18歳で産んだから」

「はぁ？　サンジュウナナッ？」

それならば確かに親父《おやじ》とは年齢がつり合う。が、しかし。

「バケモノだ」

呆然《ぼうぜん》と呟《つぶや》く。

「うわーアンタ、毒舌ねー。人の母親のことバケモノ扱いだなんてさぁ」

人の親父をハゲのおっさん呼ばわりするくせに、結は眉《まゆ》をひそめて俺を軽蔑《けいべつ》したような顔で見ている。

「まぁ、いいわ。バケモノ発言については、黙っていてあげる。代わりにさ、今夜、ちょっと体を貸してくれないかな」

結が俺の耳元に唇《くちびる》を寄せて囁《ささや》いた。甘いストロベリーのような匂《にお》いが薄くふわりと香る。

本日大活躍のフンドシさんが、ここぞとばかりに心臓の中で飛び跳ねた。

「か、体っすか……いや、それはちょっとまずいかと」

恥ずかしいことに声が裏返ってしまった。いや、俺だって興味がないわけじゃないけど。

「ちっとも、まずくないわよ。あ、ひょっとしてアンタってシタことなかったり？」

しばらく休んでいたせいか、すっかり元気を取り戻したフンドシさんが、力いっぱいバチで太鼓を叩《たた》く。そのたびに俺の心臓はドドンドドンと強く脈打ちを繰り返す。

「はぎゅっ、シ、シタっ？　い、いや、そりゃあ。でも、俺が特に遅いとかでは決してなくって、クラスのほとんどは、ま、まだですし」

「大丈夫、あたしが教えてあげるから。ピッチピチな男子の体がどうしても必要なの。今までは探すのにひと苦労だったけど、これからは家にいるんだもんね」

「あはうぅっ、な、なんすかいったい」

結の生暖かい吐息《といき》が耳朶《みみたぶ》をくすぐった。俺はバッコンバッコンと激しく踊るフンドシさんを少しでも収めようと、はぁはぁと口で息を吸い込みながらあとずさった。すると、ミニスカートから剝《む》き出しの太ももが目に入る。ああ、あっちもエロス、こっちもエロス。

「部屋に来たらわかるから」

結が目を伏せると、長い睫毛《まつげ》が頰《ほお》に影を作る。

「じゃあ、哲太《てつた》、待ってるから。そうね、今夜、11時頃《ごろ》でお願い」

結は、俺の太ももをゴテゴテとデコレーションされた爪《つめ》ですっとなぞる。

俺は恥ずかしいことに、思わずビクリと体を震わせてしまった。

スリリングなS、モロ出しなM。

何年ぶりかに手作りの家庭料理を食べた。それもすべて純和食だ。

カジキの照り焼きに、青葱《あおねぎ》を振りかけた大根と油揚げの味噌汁《みそしる》、花鰹《はながつお》の乗せられたほうれん草のおひたしに、味が十分に染みた肉じゃがは出汁《だし》の利《き》いた透明なツユの関西風。そしてピカピカの白米と手作りの糠漬《ぬかづ》けは茄子《なす》ときゅうり。どれもこれも激ウマ。うちの台所になど、ろくな調理器具が揃《そろ》ってないことを見越して、温めるだけの状態にして持ってきてくれたところがまた泣ける。

俺は、夕方にコンビニの中華ヤキソバを食べたにもかかわらず、飯《めし》を2杯もお代わりしてしまった。ひとりでパソコンやテレビを相手に食べる飯とは格段に味が違う。これが飯なら、ひとりであさる今までの飯は、ただの餌《えさ》だ。

食卓を4人で囲みながら、ふと俺は漏《も》らした。

「へー、前は代々木《よよぎ》に住んでたんですか。だったら別に楓《かえで》ちゃんは前の学校に通えたんじゃ」

和気藹々《わきあいあい》と団欒《だんらん》していた空気が一瞬にして凍りつく。

「あれ、俺、なんか言っちゃいけないこととか言っちゃいましたか」

予想外の反応に俺は慌てる。

3人は、代々木にある紫《ゆかり》さんの実家に身を寄せていたそうだ。代々木は、俺の住む中野《なかの》からはそれほど離れていない。当の楓が、小中学生ならともかく、高校生なのだから、わざわざ転校しなくても、十分に通うことはできるはず。そう思って聞いたのに、紫さんは困ったように首を傾《かし》げ、結《ゆい》は忌々《いまいま》しげに顔を歪《ゆが》めて俺を睨《にら》んだ。どうすりゃいいんだ、俺。

家族喧嘩《げんか》なんて、おそらく、というか確実に、生まれてから一度もしたことのない俺は戸惑い焦《あせ》る。せっかくの旨《うま》い飯が砂のようだ。

どうすりゃいいんだよ、この空気。

すると、紫さんが箸《はし》を食卓に置き、姿勢を正した。

「楓をひとりで学校へ通わせるのは、不安でして……」

「でも、わざわざ高校を転校って、ちょっと大げさじゃないっすか。入学してまだ2か月も通ってないわけですよね」

「楓ってこう見えて、結構、ナイーブだから。できたらアンタに守って欲しいわけよ」

結が味噌汁を箸でぐるぐるとかき混ぜながら口を挟《はさ》む。なんだこの過保護っぷり。少々面食らいながら首を傾げていると、

「哲太《てった》お兄ちゃん、楓が一緒の学校に通うのは迷惑ですか」

楓ちゃんが大きな瞳《ひとみ》をうるっとさせて俺に向き直る。

「いや、そういうことじゃなくって」

こんなアイドルばりの美少女が転校してきたら、学校中、色めき立つだろうことは、想像に

難《かた》くない。それが俺の血の繋《つな》がらない妹だとバレたら、スケベな多賀雄《たかお》やゴシップ命の舞《まい》は大騒ぎするだろう。俺はどちらかといえば目立ちたくないほうだし、そういう細々《こまごま》とした面倒を憂鬱《ゆううつ》に思う。けど、目の前にいる、この可憐《かれん》な美少女に向かい迷惑だなどと言える気骨《きこつ》のある男は、世の中にどれだけいるというのだろうか。いいや、いるわけがない！

俺はひとりコールアンドレスポンスを繰り広げた後、楓《かえで》ちゃんに向き直って言った。

「お兄ちゃんは迷惑なんかじゃないさ」

……うお！

お兄ちゃん。

自分で言ってびっくりした。なんという甘い響き。俺はすでに、血の繋がらないこの子を、『妹』というだけで守ってやらなくてはいけないという使命すら感じている。

「まぁ、実はいろいろあるわけで」

結《ゆい》が唇《くちびる》をつんと突き出しながら言った。

「なんだよ、いろいろってなんだよ。姉ちゃん」

一応、結のことも、姉ちゃんと呼んでみた。しかし残念なことに、こちらは別段、胸キュンなどはしない。

「きもーい。やめてよ、姉ちゃんとかいうの」

結が返してきたのも、つれないお言葉。しかし……少し顔を赤らめて言うあたり、ひょっとして照れていませんか。

「顔赤いっすけど、俺に姉ちゃんって呼ばれて、密《ひそ》かに嬉《うれ》しかったりとか？」

俺は、仏頂面《ぶっちょうづら》で味噌汁《みそしる》をすすっている結にすかさず突っ込んだ。すると、テーブルに拳《こぶし》を思い切り叩《たた》きつけて結が凄《すご》んだ。

「……今度、姉ちゃんって呼んだら、承知しないわよ」

あんまり怒らせるると、深夜のお楽しみをチャラにされかねない。クワバラクワバラ。

「じゃあ、なんて呼んだらいいっすかね、結ちゃん？　結さん？　結さま？」

俺が慌てて取り繕《つくろ》うと、結はつん、そっぽを向いて言った。

「呼び捨てでいいから」

俺も正直そっちのほうが楽なので、異議なく同意。と、なぜか紫《ゆかり》さんがもじもじと居心地悪そうにしている。

「あの、哲太さん、わたくしは」

「ああっ、えっと」

しかし、紫さんを母さんと呼ぶのは納まりが悪い。

「か、か、か、母さん？」

「……言いにくいでしょうか」

紫さんはしょんぼりと俯《うつむ》いて言う。

「いや、あの、あれですよ？　紫《ゆかり》さんのことを母親として認めてないとかじゃなくてですね。なんかこう、雰囲気が母さんって感じがしないというのが正直なところであってですね。ほら、着物とか着てるし」

と俺は慌ててフォローする。

「母さんっていうよりはママって感じ？　銀座のほうだけどぉ」

結《ゆい》が、微妙に突っ込みにくいコメントをつけた。

「銀座のママって有名な占い師とかですか」

きょとんとした様子で楓《かえで》ちゃんが言う。なぜ同じ母から生まれてこうもキャラ違いの姉妹が育つものか。俺は生命の神秘に胸を打たれながら、ただただぴかぴかに光った白米を頬張《ほおば》っていた。

食後の話し合いの結果、紫さんは和室、結は書斎、楓ちゃんは親父《おやじ》の寝室を自分の部屋として使うことに決まった。どの部屋も、めったに足を踏み入れることのなかったスペースだから、俺的に困ることはない。荷物やらなんやらは、明日引越し業者が運び込んでくるそうだ。男のひとり暮らしで寒々としていた我が家なのに、わずか1日で大所帯へと大出世だ。

「哲太《てつた》さん。お風呂《ふろ》、沸《わ》いてますからね」

と紫さんに言われた俺は、嬉々《きき》として浴室へと向かった。沸いている風呂に浸かるのなんて、何年ぶりだろうか。

トランクスと着替えのTシャツを抱《かか》えて、洗面所兼脱衣所の扉を勢いよく開く。すると、そこにいたのは、

「か、楓ちゃんっ」

「あ、哲太お兄ちゃん」

いつもの癖《くせ》でノックをせずに開《あ》けた俺も悪いが、しかし、鍵《かぎ》を締めずに風呂に入るとは、なんと無防備なことか。純白の木綿パンツにスクールソックス、しかも上半身はヌードだ。うぬ、禁断。見てはいけないと思いつつも、俺の視線は釘付《くぎづ》けだ。

「哲太お兄ちゃん、どうしたの？」

楓ちゃんの声で我に返った。

「あはふはふっ……すまっ」

言葉にならない言葉を漏《も》らすと、あわててドアを閉めて廊下を数歩後ずさった。

激烈に小胸というか、微乳とか貧乳とかいわれるサイズの代物だが……それでもおっぱいはおっぱい。おっぱーい。混乱のあまり呟《つぶや》いていると、閉まったはずのドアが内側から開き、楓ちゃんが中からぴょこりと顔だけを出して言った。

「もしかして、哲太お兄ちゃんも一緒に入りたかったですか」

「あひ？」

「お風呂《ふろ》できょうだいの契《ちぎ》りを交わしたりとか」

「い、いえ、お兄ちゃんは遠慮しておきます」

俺はドギマギと焦りながら、廊下を2、3歩後ずさりした。

「遠慮とかはいらないですよー。きょうだいなんですからー」

きょうだいになったのは今日からで、その前に高校生のオトコとオンナなのだ。

「お、お兄ちゃんは、風呂はひとりで入りたい派なので」

「ちぇー。背中の洗いっことかしたかったのにー。残念ですー」

って、オイ。

幾《いく》らなんでもガードが緩《ゆる》すぎないか。こうも無邪気だと、相当俺のほうで気をつけないと。

うむーっ。

唸《うな》る俺をよそに、楓《かえで》ちゃんはすでに脱衣所へと姿を消していた。


「あーぎぼじいい」

手のひらですくったお湯を顔にかけると、俺はまるでオッサンのような声をあげた。

足を伸ばせない程度の、マンション仕様ミニミニサイズの湯船だが、それでもなみなみと注がれた湯は気持ちがいい。

紫《ゆかり》さんが湯の中に何かを入れたのか、うっすらと甘くいい匂《にお》いがする。これはなんの香りだ

ぎゃ

ろうか。入浴剤ほどケミカルではない。じんわりと体の芯《しん》に染み入るお香のような匂《にお》いだ。

「家族、かぁ」

と俺は呟《つぶや》いてみたが、イマイチ実感が湧《わ》かない。

「……夢じゃないよな」

俺はふと不安に駆られ、目を瞑《つぶ》ると湯船に顔を浸した。

10……まだ余裕。30……若干《じゃっかん》苦しくなってきたが、まだいける。60……もうちょい。80を少し過ぎたところで、さすがに限界を感じ、慌てて顔を外へ出すと、盛大に息をついた。

ハァハァという、息を吐く音が浴室中に響き渡り、心臓はバクバクと高鳴っている。

家族。

返事が返ってこないのをわかっていて、それでもなお、暗い部屋に向かって言う「ただいま」の空《むな》しさや、風邪を引いたとき、ふらふらしながらコンビニにポカリや栄養ドリンクを買いに行く切《せつ》なさとは、もう無縁なことは嬉《うれ》しく思う。

しかし、あまりに突然すぎて、気持ちの処理が追いついてこない戸惑い。そして、見も知らずの他人と、生活を送るのを想像すると、不安かつ面倒極《きわ》まりないことも確かだ。

不安といえば、もうひとつ。あっちの件もある。

結《ゆい》のことだ。

皆が寝静まった後、部屋に来い、ということは、どう考えてもアレの誘いだろう。正直に言って、清純派好みの俺からしてみると、ギャルの結は好みではないが、健康な17歳男子として好奇心はむんむんだ。

大きな声で胸を張って言うことではないが、俺はDT《童貞》。好みでないにしても、ああいう慣れていそうな年上のお姉さまに手取り足取り教えていただける、というのはありがたいことである。後腐れのなさそうなタイプにも見えるし。

しかし、向こうから誘ってきたとはいえ、血は繋《つな》がっていなくても、関係的には姉。これはどう考えても倫理に反する。一般的には近親相姦《そうかん》というインモラルな行為ではないか。

ああ、家族じゃなければよかったのに。

湯船の中で頭《こうべ》を垂れてゆらゆらと湯に揺蕩《たゆた》っているミニ俺に、俺は相談を投げかけた。

ミニ俺、どうすればいい？

「うおー」

俺は、いてもたってもいられずに、足をバタつかせて身悶《みもだ》えた。と、浴室の磨《す》り硝子《ガラス》の向こうにぼんやりとしたシルエットが現れた。

「お？」

歯でも磨くために誰《だれ》かが洗面所へと入ってきたようだ。

少し緊張する。ドア1枚隔てたこちらで俺は全裸。ちょっとデリカシーがなくはないだろうか。結にしろ、楓《かえで》ちゃんにしろ、女だけの家族だったせいで、男に対する抵抗や免疫がないのかもしれない、と前向きに考え自分を納得させながらも、やはり少し居心地が悪い。

「哲太《てった》さぁん、お湯加減はいかがですか」

意外にも、紫《ゆかり》さんの声だった。

「あ、ちょうどいいっす」

俺は叫び返す。

「もしよろしければ、お背中をお流しさせていただこうかと」

言うが早いか、ドアの隙間《すきま》から、するりと身を滑り込ませてきた。

「ふはらおっこいっとに」

いきなりのことに俺は驚いて叫び声をあげた。

「あらぁ。驚かせてしまったかしら、すみませんね」

と婀娜《あだ》っぽく首を傾《かし》げている紫さんは、着物ではなく、バスタオルを体に巻いただけの格好。そして、露《あら》わな肢体《したい》は、想像以上にナイスバディでもあった。

まるで真珠《しんじゅ》のように滑らかな乳白色に輝く肌。ふくよかなバストはタオルを窮屈《きゅうくつ》そうに押し上げ、半球型に盛り上がっている。露わになったほどよい肉付きのむっちりとした太ももは、若さのエキスがぎっしり詰まっているようなパンパンに張った結《ゆい》のそれや、楓《かえで》ちゃんの未成熟でバンビ的なそれとはまるで違う。もしも頬《ほお》を寄せてすりすりとしたならば、一気に涅槃《ねはん》へと飛べそうだ。クソっ、親父《おやじ》が男としてうらやましい。

「さあさ、哲太さん。ご遠慮なさらずに」

手を伸ばした紫さんのタオルがはらり、と床へと落ちた。

「うお――――――っ」

俺は、そこに信じられないものを見た。

バスタオルの下に黒レースのセクシーランジェリーを身につけていたことも予想外だったし、それはそれで眼福だが、そんなことは今さら大した問題ではない。

俺が目にしたのは、真っ白い肢体にコントラストが眩《まぶ》しい墨色《すみいろ》の……。

「龍《りゅう》……ですか？」

「あらやだ」

紫さんは慌ててタオルを拾い上げると体に巻き直し、可憐《かれん》な笑《え》みを浮かべて言った。

「お恥ずかしいものをお見せしてしまって申し訳ないです」

「いえいえ。めったに見れないものを見せていただいて……本物ですよね？」

「ええ、一応。洗っても落ちたりはいたしません。ちなみに龍ではなく蛇《へび》ですわ」

和服で刺青とは極妻《ごくつま》か。親父が滅多《めった》に日本に帰ってこないのは、組長の妻に手を出したせいとかじゃねえよな。笑えない妄想に囚《とら》われながら湯船の中で小さく縮こまっていると、またもや洗面所に人の気配を感じた。

「何静まり返っててんのよー。風呂《ふろ》場で通夜かっつーの。まさかの母と息子《むすこ》、禁断の関係中とかじゃないでしょーねー」

騒がしく乱入してきたのは結《ゆい》だった。

「あら、結、どうしたの？」

「哲太《てつた》、聞いたわよー。楓《かえで》の着替え、覗《のぞ》いちゃったらしいじゃん。代わりにこの結様がリベンジに来たわよー」

結は紫《ゆかり》さんを押しのけると、ずかずかと浴槽に向かい近づいてくる。

「おわっ。何するんすかっ、やめてくださいよっ」

立ち上がるわけにもいかず、俺は必死に股間《こかん》を手で押さえて隠す。

「もったいぶるほどのモノかどうか、ど～れ見せなさいよっ」

結の目は陵辱《りようじよく》の喜びで爛々《らんらん》と光り輝いている。リベンジなんてただの言い訳で、明らかに趣味だ。

「ち、痴女《ちじよ》だ……助けてー」

俺はまるで女の子のように股《また》の間に分身を挟《はさ》んで死守する。

「あ、あんた今、聞き捨てならない発言したわね。痴女じゃないわよ、ただのいじめっ子よ！　どれどれ、楓級のチビだったら可哀想《かわいそう》だなー」

「楓ちゃんは関係ないでしょうが！　お願いだからひとりにさせて！」

「あれ、アンタ、見たんじゃなかったの」

「何をっすか」

「あー見てないんだー。じゃあ、後で、楓のとっておきヌード写真を見せてあげよう」

結は仁王立ちで宣言すると、まるで嵐《あらし》のように去って行った。紫さんも哀れな俺に気を遣ってか、「失礼しました」と言い残して去って行った。

「家族ができるとプライベートってなくなるものだったのか……」

俺はなんとかご開陳《かいちん》されずに済んだ気の毒なミニ俺を、人差し指でつついて、ため息をついた。

家の中に女性が3人もいる以上、いつものように気軽にパンツ一丁でうろつくわけにもいかず、俺はきっちりスエットパンツにTシャツを着込むと、喉《のど》を潤《うるお》しにキッチンへと向かった。

冷蔵庫からコーラを取り出して喉へと流し込んでいると、後ろからトントン、と肩を叩《たた》かれた。

「兄ちゃん、兄ちゃん、すごいのあるよー」

振り向かずとも誰《だれ》かはわかっている。

「はい、なんですか」

俺は、自宅にいながらにして、いまいちリラックスできずにいる疲労を感じながらもゆっくりと振り返った。

「じゃんじゃじゃーん。さっきの約束のブツなのだー」

結《ゆい》は挑発するかのように、写真を持った右手をひらひらと動かして言う。

「俺、そういうのに興味ないんで」

「またまたー、無理言っちゃって。心の奥底じゃ見たくて仕方がなくて涎《よだれ》だらだらのくせに。ほーら、じっくりと見るがいいわ」

見さえすれば、ダフ屋並みの執拗《しつよう》な勧誘も収まるだろうと、自分への言い訳を用意して、俺は目の前に掲げられた一葉の写真に視線を走らせた。

「なんてことない写真じゃないっすか」

ビニールの膨《ふく》らませるタイプのプールで遊んでいる子供の写真だった。スクール水着にお下げの少女が、眩《まぶ》しいのか、ふてぶてしくも眉間《みけん》に皺《しわ》を寄せた仏頂面でこちらを睨《にら》みつけている。

「ばっちり水着だし」

「バーカ。それはあたし。楓《かえで》はその隣よ。5歳の頃《ころ》かなー」

少女の隣にいるのは確かに全裸の……少年だ。

可愛《かわい》らしい顔つきで髪も長めだが、アソコにちょこんと男の証拠がついている。

理解できないでいると、ふんわりとシャンプーの匂《にお》いに包まれた。

「楓がどうかした?」

振り返ると、ピンク色のパジャマ姿の楓ちゃんが、困ったような笑《え》みを浮かべて立っていた。まだ髪が湿っているのか、首からタオルを掛けている。

「……ちょっとよく意味が理解できないんだけど」

俺は写真と楓ちゃんとを交互に見比べる。

「あーっ、それ！　もう、哲太《てつた》お兄ちゃん、そんなに楓の裸、じっくり見ないでよぉ」

楓ちゃんは、俺の手から慌てて写真を取り上げると、背中へと隠した。

「か、楓ちゃんの、は、裸？」

「そうですよー、こっちの可愛いボクちゃんは楓の子供の頃ですから」

結がしてやったりというふうな笑みを浮かべて鼻を鳴らす。

「な、なぜに、女の子のアソコにアレが」

「アンタ、バカじゃないの。女の子だったら、アソコについてるワケないでしょうが。ついているのは男の子だからに決まってるでしょ、ね、楓」

結が俺をせせら笑いながら、楓ちゃんの肩に手を回した。

「ええっ、楓ちゃんが……男の子？　ってなんだよそれーっ」

どういうことだよ、お願いだから誰《だれ》か俺に説明してくれ。

「結ねえってば、もう。なんで楓に断りもなく、哲太お兄ちゃんにあんな写真見せるんですか。哲太お兄ちゃん、可哀想《かわいそう》に混乱してるじゃないですか」

楓ちゃんはぷぅと頬《ほお》を膨らませている。そんな過剰にぶりっこな仕草でさえも嫌味なく似合ってしまう楓《かえで》ちゃんが……男だって⁉ そんな理不尽かつ不条理な。

ショックで言葉も出ない俺に向かって結《ゆい》は、指を差してゲラゲラと笑い始めた。

「あははー、超ウケるー。すげーショック受けた顔してるしー」

勝手だと言われても裏切られた気分で打ちひしがれている俺には、結の姿は小悪魔を通り越して、悪魔にさえも見えた。


午後11時。

すでに皆、それぞれの部屋へと引き上げて家の中はしんと静まり返っている。

俺はいまだ覚悟を決めきれないまま、そっと自室のドアを開くと、足音を忍ばせて暗い廊下へと滑り出た。

俺の部屋の並び、元親父《おやじ》の寝室にして、現在は楓ちゃんの部屋からは、低く音楽が漏《も》れ聞こえている。その向かいが、結に割り当てられた書斎だ。ちなみに、紫《ゆかり》さんの使っている和室は、リビングルームから玄関へと繋《つな》がる廊下沿いにある。

結の部屋の前に立つと、ドアの下部から明かりがこぼれ出ていた。この扉の向こうには、大人の階段が待っているのだ。

しかし俺はその一歩が踏み出せないでいる。

チャンスをみすみす逃《のが》すなんてバカげている、とりあえずヤってから考えればいいというアグレッシブかつ、ブラックな俺。好奇心だけで会ったばかりの好きでもない女子に捧げてしまうのかい、という消極的でホワイティーな俺。どっちの俺も俺なんですが、選びきれない俺もまた俺なんです。

ドアノブに手を回しては引っ込め、引っ込めては手を伸ばし、と繰り返すこと十数回。とりあえず今夜はやめて明日にでも多賀雄《たかお》に相談をするのはどうだろう、という妙案を思いついた。

下半身至上主義者の多賀雄はおそらくのこと、据《す》え膳《ぜん》食わぬは恥だと俺に活《かつ》を入れてくれるだろう。姉弟だなんて背徳感溢《あふ》れて興奮するシチュエーションだと断言して俺の後ろ暗さを取っ払ってくれるだろう。相談という名を借りた後押し、手を出しちゃってＯＫですというお墨《すみ》付《つ》きを俺は求めているのだ。

今日はこのまま静かに自分の部屋に戻ろう。そんで、明日、結には、うっかり寝てしまったと謝り、再度アポイントメントを取る。これで完璧《かんぺき》。

そうと決まったら薄暗い廊下になどいつまでもいる義理はない。さっさと自室へ戻ろうと、踵《きびす》を返したそのとき、廊下の先、暗いリビングルームの中央に、何かを見た。

俺は一瞬、何がいるのか理解できずに暗闇《くらやみ》へと目を凝らした。閉め忘れたカーテンの外から、青白い月の光が差し込んでいる。

暗闇の中、ぼんやりと浮かび上がるのは、首吊《くびつ》り自殺をしているかのように、ぶらりぶらりと宙に浮かんで揺れる恨めしげな顔つきの……瘦身《そうしん》の男。

「おわっ」

俺は慌てふためき、反射的に結《ゆい》の部屋へと、怒濤《どとう》の勢いでなだれ込んだ。

「騒がしいわね、何よ」

「お、お、お、おばけっ」

「はぁ？　おばけ？」

結は、パソコンに向かっていた顔を上げて首を傾《かし》げた。

部屋着に着替えたのか、ピンク色のスエットパーカに揃《そろ》いのショートパンツでちょこんと椅《い》子《す》の上に胡坐《あぐら》をかいている。

「うちのママがバケモノって話の続き？」

意外と根に持つ性格のようだ。

「違《ちが》っ。男がっ、首っ、首吊《くびつ》り自殺でっ」

「ちょっと落ち着きなさいよ」

落ち着けるものか。俺が見たのは、はっきりと人間だった。遠目だったので断言できないが、おそらく年のいった細身の男のように見えた。薄暗いリビングルームの天井から吊り下がり、その体はぶらりぶらり、と揺れていた。

俺がしどろもどろの説明を終えると、結はふんと鼻で笑った。

「は？　何言っちゃってんの。幽霊なんているわけないじゃない」

「いや、でも、確かに見たんだってば」

「見間違いでしょー」

まだ狼狽《ろうばい》し続けている俺をよそに、結はくるり、と椅子《いす》を回すと再びパソコンに向き直った。

「あ、で、俺に用事とかって」

「あーそうそう。ちょっと待っててね、切りのいいところまでヤっちゃうから。アンタとヤルのはその後」

「や、やっぱりヤルんですか」

「そのために呼んだんだから当たり前でしょ。まぁ正しく言うとヤッてもらうってことになるのかしらね」

ヤルだのヤってもらうだの……女の子なのだから、もっと言いようがあるかと思うが、食いつくような真剣な顔つきでモニターに向かっている結は、鬼気迫る様子もあり、話しかけづらい。俺は仕方なく床へと座り込んだ。

今日一日で、親父《おやじ》様のお部屋は、すっかりギャル仕様の汚《お》部屋へと変貌《へんぼう》を遂げていた。

渋いグリーン色だったはずのカーテンは、結の持ち込んだピンク色の豹柄《ひょうがら》のものに掛け替えられている。親父が撮影したオーロラの写真の入った額縁《がくぶち》は外《はず》され、やたらと化粧の濃い女子たちが競って変顔をしている写真がベタベタと貼《は》られたコルクボードに代わっている。

上品なアイボリーのカーペットの上には、ピンク色のファーが敷かれ、泥棒が荒らしでもしたかのようにマニキュアやマスカラやアイシャドウなどの入った小さな容器や、ドライヤーやブラシや脱ぎ捨てられたブラジャーなんかが散乱している。部屋の隅には、まるで小動物の巣のようにぐちゃぐちゃに丸まった布団の束《たば》が置かれ、まさにカオスの様相だ。

この部屋に唯一残されたインテリジェンスの欠片《かけら》といえば、机上に備《そな》えられたデスクトップパソコンだけ。しかし、デスク周りには、ポテチなどのジャンクなスナック菓子が散らばっている。

「破壊力ありますね」

俺は、わずか1日で、すっかり結《ゆい》スペースへと化した部屋に呆《あき》れながらも感心して言った。

「そうお？　でも落ち着くでしょ」

汚い部屋に男子を招き入れているというのに、恥じらいの片鱗《へんりん》も見せずに結が言う。

しかしその通り、妙に座りがいい。そもそも俺もこういう汚い部屋のほうが好きなのだ。

体育館とか、山の頂上の広場とか代々木《よよぎ》公園の芝生とか、広々としていると落ち着かない。どちらかといえば俺は、インターネットカフェの個室とか机の下とか、そういう狭い場所のほうが落ち着く習性を持っているようだ。

「あーそれは完全にマゾね」

俺の狭い場所好き宣言を聞いた結は、パソコンを弄《いじ》くる手を止めずに言う。

「マゾってなんすか」

「何アンタ、マゾも知らないの？」

「いや、マゾくらいは知ってますけど、なんで狭いところが好きだとマゾなんすか」

「昔っから、子供と猫ちゃんとマゾは狭いところが好きって、定説じゃない」

そんな定説、初めて聞いた。しかし、結はいよいよ真剣な眼差《まなざ》しで必死にマウスを動かしている。俺は、ヤルべきかヤラざるべきか未《いま》だ決断できないまま床に転がった漫画本に手を伸ばして拾い上げると、胸の動悸《どうき》を抑えながらページを捲《めく》り、物語の中へと現実逃避を企《くわだ》てた。

どうやら男子校が舞台の学園モノらしく、鋭い顔つきの長髪の男と、やや可愛《かわい》らしい顔立ちの眼鏡《めがね》の男が、教室で……絡《から》んでいる。

男と男？　見間違いかと思いさらにページを捲るが、どのページを見ても少女漫画ちっくなタッチで♂と♂が抱き合っている。

「あのーこれってエロ漫画……」

俺はおずおずと問いかける。

「ちょっと、待ってよ、今忙しくて手が離せないんだから」

結はイラついた声をあげると、ちらりと俺の手元に視線を移した。

「あーそれ。最近出たばっかりのヤツじゃない。読んでやって感想聞かせて」

なんで読んでやってと結に頼まれないといけないのかよくわからないが、俺は読み進めようとの努力を試みた。しかし、わずか3ページで断念。ダメだ。いくら目の中に星が瞬《またた》いていても、俺の趣味からは1億光年ほどもかけ離れている。

「無理っす。こういう世界は理解できないっす。上級者すぎます」

見た目はギャル、心は腐女子、それでもって性格は至って凶暴。いったいどういう思春期を送ると、結《ゆい》のような人格のるつぼ……否《いや》、サラダボウルが出来上がるのか理解できないまま弱音を吐く俺に、結はようやくモニタから顔を上げて言った。

「わかってないわねー、ボーイズラブが理解できないなんて、アンタそれでも日本男児?」

「俺がこの漫画を受け入れられないことと、日本男児っていうのと、どう関係あるんすか」

「ありありよー。日本における男色の歴史を知らないわけ? 衆道《しゅどう》とか稚児《ちご》とかさぁ。先入観だけで全否定だなんて、アメリカにレイプされてるってことよ」

「何意味わかんないこと言ってるんすか」

「まーあたしも、啓蒙《けいもう》のために、そういう漫画を描《か》いてるわけじゃないけどね。実際リビドー優先だったりするし」

「描いてる?」

「そう。著者名見てみー」

慌てて漫画本をひっくり返すと、表紙には『YUI』とあった。

「……YUIってことは」

「そうよー。この結様の作品なんだから」

「ええっ、結って漫画家さんなわけですか……へー、ナマ漫画家って俺、初めて見た」

俺は驚いて感嘆《かんたん》のため息をついた。

「ナママンとかエロいこと言ってんじゃないわよ、このチェリークンが」

「エロいことなんて俺は一言も、言ってないんすけど」

「ちょっとのきっかけがあればすぐにエロいことを連想するのがさくらんボーズの特徴なのよねぇ」

「むしろ、俺の言葉からエロいことを想像したのは結じゃないっすか」

「エロいことを創造するのが仕事だからねー」

「ソーゾー違いです！」

「ソーロー違うですって何そのカタコトな言い訳は。ってわけで哲太《てつた》お待たせ。とりあえず一段落したから、お洋服脱いでちょ」

結は椅子《いす》から立ち上がると大きく伸びをした。両腕を上に上げると、スエットパーカを下から突き上げているバストが弾力を持ちぷるりと揺れる。どうやら、結の巨乳は遺伝らしい。

「あうっ、そ、その件についてなんですが、ちょっとまだ心の準備が……明日仕切り直しの方向で」

武士は食わねど高楊枝《ようじ》。涙を飲んで目の前の餅《もち》のようなおっぱいにノーと言う俺の辛《つら》さも、わかってくれよ結《ゆい》。

「はぁ？　そんなのダメに決まってんでしょうが。今、アンタの体が必要なんだから」

結は眉間《みけん》に皺《しわ》を寄せて俺を睨《にら》みつけながら即答した。

「でもほら、きょうだいなわけですし」

「それがどうしたっていうのよ」

さすがは人格サラダボウル＆エロ漫画家。全人類共通のモラルの垣根など、あっさりと越えてしまうらしい。

「とりあえず脱いでー」

「ま、マジっすか」

「当たり前でしょ、この期《ご》に及《およ》んで怖気《おじけ》づいてるんじゃないわよ。それとも、アレに興味ないわけ？」

「そ、そりゃあ、こう見えても、俺も一応、男なんで。興味ないわけじゃないんですが」

「じゃー、さっさと脱ぐ脱ぐー」

椅子《いす》の上に胡坐《あぐら》をかいている結の剝《む》き出しの太ももは、むっちりとしていて、いかにもすべすべと気持ちが良さそうだ。

俺はごくりと生唾《なまつば》を飲み込むと、覚悟を決めてTシャツの裾《すそ》に手をかけた。ああ、桜井《さくらい》さん、ごめんん。俺は、欲望に負けてしまいました。でも、体だけですから！　あくまでも心は桜井さんだけのものですからっ。

心の中で葛藤《かっとう》を繰り広げながらTシャツを脱ぎ捨てた俺を、結は椅子《いす》に座って腕組みをしたまま、まるで観察でもしているかのようにじっと見つめている。

なんつーか、きちんと服を着た女の子に、服を脱ぐところを冷ややかに観察されてるっていう状況は屈辱《くつじょく》的だが、妙に興奮してしまうような……背筋をぞわぞわとした快感が這《は》い上がり、息が荒くなった。なんだこれ。

「あの、そんなにじっくり見られると、恥ずかしいんですけど」

スエットパンツのウエストに手をかけたまま、もじもじと両膝《りょうひざ》をこすり合わせて、躊躇《ちゅうちょ》していると、

「あたしがどこを見てようが、あたしの勝手でしょ。もったいぶってチンタラ下手糞《へたくそ》なストリップしてないで、さっさとズボンも下ろしちゃいなさいよ」

結が容赦《ようしゃ》なく急《せ》かした。

そうだ、たかがズボンを下ろすだけじゃないか。少しの我慢で、桃源郷の住人になれるのだから、がんばれ。自《みずか》らにエールを送りながらも、スエットパンツを下ろす。

残るは1枚。ボクサータイプのトランクスだけ。

「と、とりあえずパンツは穿《は》いててもいいっすよね」

最後の砦《とりで》を取り払うのには、やはり抵抗が。せめて電気を消してくれるとかして欲しいとこ

ろなのだが。

「何おぼこいこと言ってんのよ、ダーメよ、ダーメ。ゼ・ン・ラじゃなきゃできないでしょ」

こうなったら毒を食らわば皿までだ。

レッツパラダイス。多賀雄《たかお》、俺は先に大人の階段を上らせていただく。スマン。

俺は観念し、スゥ、とひとつ深呼吸をすると、最後の一枚を下ろす。きっちりと洋服を身に着けたままの結《ゆい》の前で、俺はついに全裸になってしまった。なんとも心もとない気分だ。

不甲斐《ふがい》なくもふにゃりと下を向いたままのミニ俺を、手の平で覆《おお》い隠して結に向き直った。

脱いだはいいが、どうしていいのかわからずにもじもじと内股で直立する俺に、結が顎《あご》をしゃくって言う。

「床に胡坐《あぐら》をかいてくれるかな、上半身は若干反《そ》り返りぎみで」

「はい？」

俺は言われるがまま床に腰を下ろす。

「そんで自分で弄《いじ》くっちゃってよ。表情はそうねー。恥ずかし半分、恍惚《こうこつ》半分くらいかなぁ」

結は腕を組み、うんうんと頷《うなず》きながら言う。

「あの、ちょい、恥ずかしいんですけど」

「は？　何言ってんの今さら。この絶賛スランプ中の結様が、アンタをモデルにしてなんとか新作を描《か》いちゃおうって目論《もくろ》んでるんだから、黙ってポーズ取りなさいよ」

「ええっ。ポーズ？　モデルってどういうことですか」

「モデルをヤってくれって、ずっと頼んでたじゃないのよ。それとも何？　今さらヤれないとでもいうわけ？」

「ヤルヤラないって、そういうことですか……いや、俺、遠慮しときます」

慌てて逃げ出そうとした俺に、結はタックルをかます。

「アンタに選択権なんてなーいっ」

「は、離せー」

「嫌がれば嫌がるほど燃えちゃうんだからーっ。完全に征服系スイッチが入っちゃいましたーカッチーン」

「あっ、ソコはやめてくださいっ」

「ふふふー。立っちさせちゃえば、こっちのもんよ」

「だあっ、離れてくださいってば」

結を押しのけようとした俺の手の平が、ぷにりとしたものを掴《つか》んだ。おわ。ヤべぇ。でけえ、いや、違う。いやいや、違わないけどヤべぇ。

テンパる俺をよそに、結の顔が見る見るうちに上気し、怒りで赤くなった。

「きゃあっ、このハレンチチェリ男《お》、今、あたしのおっぱい触ったわねーっ」

「わざとじゃないっす、事故っす」

「うるさ――――い。おかえしにアンタのも揉《も》んでやるうっ」

「ああっ、そこは揉む用にはできてなくって……痛い痛い痛い痛い痛い」

「左右のタマを入れ替えてやるんだからっ」

「い、入れ替わりませんってば。ってイタイイタイイタイイタイッ」

俺と結《ゆい》とが床上のでの格闘を繰り広げていると、

「もー、うるさいですよー。夜中に何バタバタしてるんですか」

ドアが開き、迷惑顔の楓《かえで》ちゃんが顔を出した。キッチンで会ったときと同じ、ピンク色のパジャマ姿だが、なぜか、ズボンは穿《は》いていない。いわゆるダボシャツ一枚スタイルだ。

結に組みしだかれながらも、俺の胸がきゅんと高鳴る。楓ちゃんの男殺しっぷりは神業《かみわざ》的だ。

「ちょっと、楓ちゃん、君のこのアブノーマルなお姉さんを説得頼む」

俺は、床にうつ伏せになり結に馬乗りされた状態で助けを求めた。

「いったいどういうことですか、そんな破廉恥《はれんち》な格好で」

「ああっ、違うんだ、楓ちゃん、俺は好きで裸になっているわけではなく」

「楓、いいところに来た。コイツにポーズを取らせるの、手伝ってよ。モデル頼んでんの」

「ああ、漫画のですか」

楓ちゃんは納得いったという風に頷《うなず》くと、慈愛《じあい》に溢《あふ》れた笑《え》みを浮かべてしゃがみ込み、俺の頬《ほお》にそっと手を当てて言った。

「哲太《てった》お兄ちゃん……結ねえを助けてあげましょう。楓も協力しますから」

「ノーォォオオオオオッ」

俺は全身全霊の力を込めて起き上がる。結はバランスを崩し、床へと転がり落ちた。ざまあみろだ。

「わお〜、丸見え！」

床にしゃがんだままの楓ちゃんが俺の分身を見上げ、大きな目をぱちくりと瞬《まばた》きさせた。

「おわっ、ダメ、ダメ、見ちゃダメっ」

俺は脱ぎ捨てたパンツを拾い上げると、慌てて隠す。

「見えてないですよー。御神体《ごしんたい》はお隠れになられてますからー」

「だぁっ、状態を説明しなくていいから。何時《いつ》もじゃなくって今、たまたまビビって隠れてるだけだしっ！」

「お姉ちゃんが描《か》くのとも、楓のとも若干形状が違いますが、これも個性ですので、そんな言い訳しなくてもいいですよー」

「ってコラ、触るな〜。なんでみんな、そんなに俺を翻弄《ほんろう》するんだぁっ」

背中からタックルをかますように、しがみついてくる結の手を振り払って俺は叫んだ。

「そんなん決まってるじゃないの」

結はごろりと弾みをつけて起き上がった。暴れたせいか、汗ばんだ首筋に髪が数本絡みついている。はあはあと息を乱しながらも、不敵な表情を浮かべると顎《あご》をしゃくりながら言った。

「アンタをからかうと面白いからよ。ね、楓《かえで》」

あろうことか、同意を求められた楓ちゃんまでもが、遠慮がちに頷《うなず》いている。

「っっつ、俺はお前らの玩具《オモチャ》じゃねえ！」

「あっはっはー。これから毎日可愛《かわい》がってあげるから覚悟してなさいー」

俺の叫びは結《ゆい》の高笑いに掻《か》き消された。


やっとのことで自分の部屋へと戻ると、ベッドに倒れ込みたい欲求に逆《さか》らい、俺はなんとかパソコンを立ち上げた。

押しかけ女房ならぬ押しかけ家族、むしろ居直り家族を家へと引き込んだボンクラ親父《おやじ》宛てのメールには、妹だと思ったら弟だったとか、姉が乱暴で痴女《ちじょ》的だとか、その母親に刺青《いれずみ》が入っている理由だとか、いろいろ書くべきことや聞きたいことがあったが、初めて経験したきょうだい喧嘩《げんか》に疲れきっていた俺は、可及的速《かきゅうてきすみ》やかな帰国を要求する旨《むね》のみ書き終えると送信ボタンを押して、ふらりとベッドへと倒れ込んだ。

たった1日で様変わりした環境とは別に、俺の部屋だけは、家族ができる前とまったく変わらない状態を保っている。ああ、この部屋の中だけは俺のオアシスだ。

俺は枕《まくら》に顔をうずめると、盛大なため息をついた。

今の状態を一言で表わすと『ひとあたり』というのがもっともぴったりくるだろう。

週末の渋谷《しぶや》や休日の秋葉原《あきはばら》や盆暮れの東京駅ならともかく、家の中でひとあたりってどういうことだと自分でも思うが、ずっと親父とふたりもしくはひとりぼっちで、ひっそりと暮らしてきたのだから、無理もない。

「それにしても、明日から毎日これかよ……」

ただ穏やかに、川の流れのように何にも抗《あらが》わず慎《つつ》ましく恙無《つつがな》く暮らしてきたというのに。

俺は、つかの間の静寂を慈《いつく》しみながら、今日買ったばかりの北條《ほうじょう》ナナの写真集を鞄《かばん》から取り出してベッドの上に広げた。

やっぱりナナちゃんは可愛い。おっぱいも程良くでかいし。それに何よりも桜井《さくらい》さんに似ている。やっぱり俺は結みたいな小悪魔ギャルや楓ちゃんのような甘えんぼ妹系よりも、透《す》き通った清流水のように純な雰囲気の桜井さんがいい。

そんなことをつらつらと考えていると、遠慮がちにドアをノックする音が響いた。

「あの、哲太《てった》さん、お邪魔してもよろしいでしょうか」

紫《ゆかり》さんだった。

「いいっすけど」

俺は若干うんざりしながらも起き上がると、ベッドの上に胡坐《あぐら》をかく。

紫さんは遠慮がちに部屋へと入ってきた。こざっぱりとした白地に紺色で縄のような柄の入った浴衣を着ている。後ろで括《くく》った髪の毛は濡《ぬ》れていて、しっとりと漆黒《しっこく》の艶《つや》を放ち、2、3束の後れ毛が首筋に張り付いているのが妙にいやらしい。

「あの、哲太《てった》さん、わたくしたち、ご迷惑……ですよね」

さすがは年の功と言うべきか、息子《むすこ》と娘の狼藉《ろうぜき》をフォローに来た模様。

「いえ、迷惑じゃないっすよ」

俺は、パーフェクトなつくり笑いを浮かべて答える。

男手ひとつで俺を育ててくれた親父《おやじ》。40歳過ぎのおっさんでしかもこぶ付き。毎年、額部《ひたい》分の面積が広がりつつあり、この調子でいけば5年後にはナチュラルスキンヘッドの可能性大な親父と、再婚してくれるという女性には感謝しこそすれ、文句なんぞ言えるはずがない。俺って大人だよな。

「ほら、俺、ずっとひとりだったもんで、いきなり賑《にぎ》やかになって、ちょっと面食らってるだけです。すぐに慣れると思います」

俺が肩をすくめると、紫《ゆかり》さんはいやいやをするように首を横に振り、

「哲太さん……わたくしにまで気をつかって。不憫《ふびん》ですわーっ」

ベッドの俺に向かってダイブしてきた。

「ふぐっ」

どうやら俺は母性本能をくすぐってしまったようだ。抵抗する暇《ひま》もなく、紫さんは俺の頭を

抱《かか》え込んでぎゅうと抱きしめる。ふわっとシャンプーの香りが鼻をくすぐった。

「ちょわっ」

慌てて押し返そうとしたが、俺を包むぬくもりは、柔らかく温かで心地良い。

久しく、というか、おそらく、物心ついてから、他人に抱き寄せられたことなどない。親父にも抱きかかえられたことこそあれ、抱き締められた覚えはないが、知らなかった。人の温《ぬく》もりがこんなにも心地いいものだとは。なんか、俺ってやっぱり可哀想《かわいそう》な人生を送ってきたんだな、といまさら思う。

紫さんからは、ほど良い重さと熱が伝わってくる。このままうっとりと身を任せていたい欲望に囚《とら》われながらも、俺は、重大な事実に気がついてしまった。

眼前の山。無防備にそそり立ったなだらかなカーブのツインピークス。しかも、浴衣の下はノーブラのようである。ということは、山頂の出っ張りはまさかのビーチクチータ……。

さっき風呂《ふろ》場で目撃してしまった紫さんの下着姿がフラッシュバックする。Fカップ……いや、Gカップはあるかもしれないグラマラスな肢体《したい》とむっちりとした太もも。黒いレースから透《す》ける白い肌と、腰骨の上で危うく結ばれた細いリボン。

くうう。母性の愛に包まれているはずなのに、なんか、ちょっと、体の一部が充血してきてしまったような。ヤバッ……。

「て、哲太さん。ちょっと痛い」

紫《ゆかり》さんに回している手に、無意識のうちに力が入りまくっていたようだ。

「おわっ、すみませんっす」

俺は慌てて手を離した。

「いいえ……いつかはわたくしのことも、お母さんと呼んでくださいね」

ぽってりとした唇《くちびる》に、ハニカミと包容とがいい感じに混ざり合った聖母のような微笑を残し、紫さんはそっと俺の部屋を出て行った。

小悪魔ならぬ悪魔な本性をさらけ出した結《ゆい》と、性別偽装の楓《かえで》ちゃんにもてあそばれたダメージが一気に回復した気分だ。しかし、

「母さん……か。言えねーよなー」

俺は、紫さんの柔らかな体の感触を反芻《はんすう》しつつ、ひとりの部屋で小さく呟《つぶや》いた。

もっとも、俺は母さんがどういうものか、知らない。『母さん』などとは、今まで一度も、誰《だれ》に対しても言ったことがないのだ。

なんか俺の人生って、やっぱり不憫《ふびん》かもとちょっと思った。

白百合《しらゆり》のS、舞《まい》のM。

「哲太《てった》さん、哲太さん」

誰《だれ》かが俺の肩を揺すっている。

「ううん、もうちょい」

俺は夢とうつつの狭間《はざま》を彷徨《さまよ》いながら、ごろりと寝返りを打った。

「朝ですよ」

「あと3分だけ」

うつ伏せの姿勢のまま指を3本立てて突き出すと、先っちょがぷにりとした物体にめり込んだ。

「ふにゃ？」

なんだこれは。正体を突き止めるべく、俺はもう一度指先でソレをつつく。

懐かしいような、それでいて胸が熱くなるこの感触はいったいなんだろう。実像を探求すべく思い切ってそれを鷲《わし》づかみにした俺の頬《ほお》に電撃のような鋭い痛みが走る。

「痛っ」

しかし、叫ぶが早いか、頬の痛みはもうない。まるで、真夏の砂浜に落ちた一粒の水滴のように、またたくまに消えていく。

「朝ですから起きてくださいね」

俺は寝ぼけ眼《まなこ》で頷《うなず》きつつも、深い眠気には抗《あらが》えず再び夢の世界へと堕《お》ちた。

今度はやたらと食欲をそそる匂《にお》いで目を覚ました。できたての味噌汁《みそしる》の匂いだ。ぐう、と腹の虫が鳴く。

なぜ味噌汁の匂いなんかするんだろう、と俺は疑問を抱いた後、すぐに納得した。

昨日、父親の再婚相手とその連れ子たちがやってきたのだった。

思い出したとたんに、憂鬱《ゆううつ》が襲《おそ》ってきた。

楓《かえで》ちゃんはともかく、結《ゆい》は鬼門だ。朝からあのテンションでこられたら今日一日体が持たない。顔を合わせる前にさっさと学校へと逃げてしまおうと決心した俺は、制服に着替えるとダイニングへと向かった。

すでに開《あ》け放たれたカーテンの向こうからは、透明な日差しが降り注いでくる。鍋から上がる蒸気のせいか、部屋を包み込む空気は柔らかく、キッチンからはトントントン、と包丁がまな板に当たる小気味いい音が響いてくる。まるで味噌汁のCMのようだ。これから朝飯《めし》を紫《ゆかり》さんが用意してくれるなら、コンビニで買う朝食用のパン代が浮くな、と妙に現実的なことを思いながらキッチンカウンターの中へ向かって声をかけた。

「おはよーっす」

なぜか返事は返ってこない。いぶかしく思った俺は、もう一度、カウンターの中を覗《のぞ》き込んで声をかける。

「紫《ゆかり》さん、おはようございま……裸？」

コンロの前でおたまを手に持ち、味噌汁《みそしる》を掻《か》き回していたのは、見知らぬ男性だった。

年の頃《ころ》は50代から60代。ロマンスグレーといってもいいだろう。白髪《しらが》混じりの豊かな髪を後ろに撫《な》で付け口元には髭《ひげ》を蓄えている。

風格ある首から上とは裏腹に、あろうことか、上半身は裸。といっても鍛《きた》えているらしく、そうみすぼらしくはない。下半身は、どうだといわんばかりにアソコがモッコリと目立つエナメルのショートパンツを穿《は》いている。その上に白いエプロンを身につけているのだから、裸芸人よりも性質《たち》が悪い。

「あの、お宅様はどなた様で」

この、日常に現れた非日常な人物は誰《だれ》だ。俺が誰何《すいか》すると、男は、ゆっくりと顔を上げた。

「ぶうう」

「ぶうう？」

俺が繰り返すと、男はシリアスな表情のまま無言で頷《うなず》き、乾燥ワカメを鍋へと投入する。

「あの、それで貴方《あなた》はいったい」

男は質問には答えないまま、ゆっくりと俺を一瞥《いちべつ》した後、鷹揚《おうよう》な様子で床にしゃがみ込み、四つん這《ば》いで台所から出ていった。

「ちょっ、変質者？」

俺は慌てて男を追いかけた。が、どこへ消えたのか、すでに見当たらない。俺はふと思い当たった。

「まさか昨晩の幽霊では」

しかし、時刻は朝の7時だ。しかも外は快晴。

「昨晩は、あんまりよく寝れなかったからな」

まだ寝ぼけているか、きっと夢だ。俺は、頭の周りにまとわりついている眠気を吹き飛ばすように、首をぶるると振ると顔を洗うために洗面所へと向かった。

顔を洗った後、ダイニングへと戻ると、紫さんがテーブルに朝食を並べている最中だった。今日も和服姿だ。かすかに光沢のある赤紫色の着物に同系色の帯をしている。

「おはようございます、哲太《てつた》さん」

たおやかな笑《え》みを浮かべて紫さんが言った。

「おはようっす」

エナメルパンツで腰を振る芸風のあの人と、最近はすっかり海パンを封印してしまった関係ねーのあの人とを足して2で割って35歳足したようなさっきの不審者のことを問いただそうと思っていたのだが、テーブルを見た瞬間、すべて頭から消え去った。

「すげえ！　修学旅行みたいっすね」

焼きたての鯵《あじ》の干物に、キャベツの浅漬け。ふんわりとした玉子焼きの乗せられた皿の隅には大根卸《だいこんおろ》しが添えられ、納豆《なっとう》には葱《ねぎ》がたっぷり入っている。

「修学旅行みたいって……ああ、旅館みたいってことかしら」

「そうっす、そうっす。こんな朝食とか家で食べたことないっすよ」

興奮して力説している俺に、紫《ゆかり》さんはふと同情するような視線を向けた。

「今まで哲太《てった》さんってご飯はどうしていたの？」

「俺っすか。えーと朝はたいてい抜きですますかコーラ。で、昼は購買のパン。夜は外食かコンビニ飯で」

最後まで言い終わらぬうちに、またもや紫さんが俺に抱きついてきた。

「不憫《ふびん》だわぁああ」

昨晩に引き続き、またもや母性本能の秘孔《ひこう》をついてしまったらしい。

「これからは食生活では苦労させませんからね」

紫さんは、大げさにも涙交じりの声をあげながら、俺をぎゅっと抱き締める。

抱き締める、といっても、紫さんよりも１７５㎝の俺のほうが身長が高い。そのせいか、俺が手を回すとすっぽりと腕の中に納まってしまった。紫さんが抱きしめた、というよりは俺が抱き締めているようだ。薄荷飴《はっかあめ》のような甘くて懐かしい匂《にお》いが鼻腔《びこう》をくすぐる。アロマテラピーとフリーハグとのダブルヒーリングで癒《いや》されまくりだ。

「お弁当、用意してありますからね」

俺の胸から顔を上げると紫さんが言った。

「マジっすか」

「マジですわ」

菩薩《ぼさつ》的な笑《え》みを浮かべて頷《うなず》いた。ああ、あの弟と姉さえいなければ、おしとやかなこの人と、二人っきりの生活が送れたのに。

そして親父《おやじ》殿。紫さんはなぜ俺の義母《かあ》さんなんですか。できることならこんな彼女が欲しかったです。マジで。

楓《かえで》ちゃんとともに家を出ると、学校へと向かった。楓ちゃんは制服が間に合わなかったのか、セーラー服を着ている。

「それって前の学校の制服？　可愛《かわい》いね」

梅雨を目前にして、最後の恵みとばかりに空には雲ひとつなく、青く澄み渡っている。来週に衣替えを控え、茶系チェックのスカートとシャツにベストの格好が多い生徒達《たち》の中で、真っ白いセーラーブラウスに紺色のひだスカートの楓ちゃんは目立ちまくっている。

「昨日、学校へ挨拶《あいさつ》に行った帰りに買ったんですが、朝起きたら見つからなくって。片付けのどさくさでどっかに紛れ込んじゃったみたいです。でも、今日は初日なので制服が違くても、まぁ怒られはしないかなと思って」

楓《かえで》ちゃんは恥ずかしそうに言い訳をした。背丈こそ低いが短めのスカートからすらりと伸びた脚に華奢《きやしゃ》な上半身。さらにその上には、ちんまりとした小顔が乗っかっている。清潔感溢《あふ》れるきめ細かい肌の上に、聡明《そうめい》そうな眼差《まなざ》しと、あどけない唇《くちびる》が奇跡的なバランスで配置されている。

相当男子にモテるだろうなこいつ。告白とかされたらどうするんだろうか。というか、ルックスとメンタルは完璧《かんぺき》に女子だが、恋愛対象は男なのか女なのかも謎《なぞ》だ。

「楓は1年D組らしいですよ」

「俺は2年F組だから、何か困ったことがあれば来いよな」

俺が言うと、楓ちゃんは嬉《うれ》しそうに小さな前歯を見せて笑った。

「哲太《てった》お兄ちゃんがそう言ってくれると心強いですー」

必殺技、庇護欲掻《ひごよくか》きたての術だ。自《みずか》らも男であることが関係しているのかもしれないが、楓ちゃんは男の保護や擁護の心を喚起させるのがホントに上手《うま》い。わかっていても、つい顔がにやけてしまう。

俺ってホント、バカだよな。

4限目の授業の終わりを告げるチャイムが鳴ると、とたんに教室は活気づいた。空気の色までも、モノクロから総天然色へとがらりと変化したかのようだ。

女子たちは机を移動させて大テーブルを作り、ランチの態勢を整え始めている。ダッシュで購買へと走る奴《やつ》や連れ立って学食へと向かっていく者など、忙《せわ》しない雰囲気が漂い始める。

1学期も半分を過ぎ、クラスは仲のいいグループいくつかに分かれている。

部活繫《つな》がりの体育会系グループ（AとB混合）や、吹奏楽部や漫画部など文科系グループ（基本はBだがたまにAもいる）、キレイ系可愛《かわい》い系ばかり集まった高嶺《たかね》の花女子グループ（A）に、ギャルの巣窟《そうくつ》である推定非処女グループ（ある意味A）に、童貞喪失《そうしつ》済の遊び人&不良グループ（これもある意味A）、不可侵領域なオタク系グループ（C）などなど。ちなみにこの括弧《かっこ》内のABCというのは、そのままクラス内ヒエラルキーのランクだ。

ちなみに俺と多賀雄《たかお》とは、カテゴリ的には当たり障りのない人畜無害なマイナーグループ（B）に属すると思われる。俺にとってはいごこちのいいポジションだ。

女子の最大派閥は、バドミントンやダンスなどのインドア系運動部に吹奏楽部や写真部のそれほどマニアックではない文科系女子を加えた、派手でもなく地味でもなく、よく言えば普通、悪く言うと頭も顔も中の中といったB級グループだろうか。ヒエラルキーといってもピラミッドではなく菱形《ひしがた》編成なので、このB級が一番人数が多い。そのB級女子の群れのまん中で、声を張り上げているのは、クラス一の野次馬女、パパラッチ舞《まい》だ。

「うちの担任の夏《なつ》ちゃんの学生時代の話ね。教職を取ったはいいけど、まったく就職先の学校が見つからなくって困っている最中、電車の中で痴漢《ちかん》に遭ったらしいのよ。で、ああ見えて夏ちゃん、元剣道部なワケ。で、なんとその痴漢を電車のホームに引きずり出して手に持っていた傘で脳天唐竹割《のうてんからたけわ》り。で、たまたまその現場に居合わせたうちの理事長が、それにいたく感動してうちの学校への就職が決まったわけ。芸は身を助けるっていうけど、ホントよねー」

「へぇーっ、すっごーい」

まるで夜中の通販番組のように語り手と聞き手が一体化し、いいタイミングで合いの手が入る。

「あとはアレねー。ネットにアップされたうちの生徒の盗撮着替えシーン動画、あたしが推測するには、絶対に内部の人間の犯行ね。ぶっちゃけ生徒よ。まだ調査中だけど、か〜な〜り容疑者は絞れてきてたりして」

「ええっ、ホントにーっ」

女子高生といえども、集団になるとおばさん化するのは何故《なぜ》だろうか。

舞の話に「ぎゃははははは」とバカでかい声で笑っている女の子たちを見て、俺はなんだかがっかりする。もっと恥じらってくれよ。

それに比べて、教室の中央部の席で、ぽつりと静かに本を読んでいる桜井《さくらい》さんは、可憐極《かれんきわ》まりない。暖かな日差しに照らされて輝く、顎《あご》のラインで切りそろえた傷《いた》みのない髪が、ページを捲《めく》るたびにさらりと揺れる。物語の中に、どっぷりと浸りきっているのか、綺麗《きれい》なアーモンド形の目は、うっとりと潤《うる》み、ぽってりとした唇《くちびる》は、無防備なアヒル口。クラスの喧騒《けんそう》から離れ、ひとり静かなその様子は俺的には好ましいが心配でもある。

どうやらここのところ、桜井さんはどのグループにも属していないようなのである。たしかクラス替え当時は、文芸部の女子たち（B）と一緒に昼飯をとっていたはずなのだが、いつの間にか、ひとり省《はぶ》かれてしまったようだ。

苛《いじ》められている、というよりは微妙に敬遠されている、という雰囲気に近い。誰《だれ》かひとりくらい、気をつかって自分のところのグループに誘ってもいいじゃないか。女子たちの桜井さんに対する対応には、甚《はなは》だ不満な俺だが、口を突っ込めるほど、クラス内身分は高くないところがどうにも歯がゆい。

「お、哲太《てった》、今日は珍しくゆっくりなのな。購買にパン買いに走らなくていいわけ？」

制服をだらしなく着崩した多賀雄《たかお》が、ふらふらと俺のところへやってきた。今日も相変わらずのウルフカットのセットを失敗したぼさぼさ頭だ。俺は鞄《かばん》の中を漁《あさ》りながら、

「いや、今日は俺は」

弁当がある、と言いかけてそっくりそのまま家の玄関に忘れてきてしまったことに気がついた。なんたる不覚だ。普段持ち慣れてないもんだから、こういうヘマをするのだろう。

「……もうこの時間じゃろくなパン残ってねーよな」

購買のパンは人気があり、昼休みに入って10分も経《た》つと目ぼしいものは売り切れてしまう。今から買いに走っても、残っているのは、ジャムパンとラスクくらいだろう。

「哲太《てった》が出遅れるとは珍しいな」

多賀雄《たかお》が言い、俺は力なく笑い返す。せめてクリームパンが残っていてくれないかと願いながら席を立ち上がろうとすると、

「哲太ー」

教室の入り口から名前を呼ばれた。

この学校に俺のことをファーストネームで呼ぶ女子など存在しない。いったい誰《だれ》だ。慌てて振り返ると結《ゆい》だった。

「おわっ、いったい何しに」

「せっかくアンタの弁当届けにきてあげたっていうのに、その口の利《き》き方は何よ」

どこで手に入れたのか、結はしっかりと、うちの学校の制服を着ている。それはいいが、かなり崩壊した着こなしだ。一歩歩くたびにパンチラするのではないかと危ぶまれる激ミニスカート。その上のワイシャツの裾《すそ》は出しっぱなしで、第2ボタンまで開《あ》いている。足元はニーハイソックスに編み上げのブーツ。駄目押しに、金色の髪の毛を、両脇《りょうわき》でツインテールにしている。もちろん化粧だってバッチリの激強目力《めぢから》。

クラス中の注目が結と俺に集まった。そりゃあ当たり前だ。とにかく派手だもの。唯一の救いは、読書に夢中の桜井《さくらい》さんが、結の存在に気がついていないところか。

「うっおー、なんだよ、あれ……しかも何、弁当？　まさか、お前の彼女とか」

多賀雄が目を丸くして言った。

「いやいやいや、違うから」

「許さんぞ、俺は許さんぞ、俺より先に彼女だなんて。裏切ったのね」

なぜかよよよ、と床に崩れ落ちる多賀雄。

「ちょっとー、何してるわけー」

結はいらついた声をあげながら、ずかずかとこっちへと向かってくる。その浮きまくりの存在感に、クラス中の視線が釘付けだ。さっきまで近隣の男子高の生徒にナンパされたことを、声高に自慢していたクラスの遊び人女子軍団（Ａ）が、一瞬にして静かになったのは、ギャル特有のアンテナで、結と自分たちのどちらのギャルランクが上かを、ひと目で敏感に感じ取ったせいだろう。ランクが高ければいいってもんじゃないと俺は思うけど。確実に一般男子からのモテ度は下がるし。

「ああ、哲太のこと、信じてたのに。ヒドいわ、ヒドすぎるわ」

多賀雄はぶつぶつと恨み言を繰り返している。

「だぁ、裏切るってなんだよ。そもそも、明らかに俺の好みじゃないってひと目見ればわかるだろ」

「お前、清純派好みとかいいながらも、あんなカリスマ店員みたいな……俺はもう生きている希望を失った。悪いが先に逝《い》く」

どうやら、狼狽《ろうばい》しすぎて人の話を聞く余裕をまったく失くしているらしい。

「ちょっ、多賀雄《たかお》、誤解だっつーの」

「お前は愛よりも肉欲に負けたんだ」

多賀雄ががくりと首を落とした。面倒くさいが、一応親友なので、抱き起こして介抱してやる。その間にも結《ゆい》は持ち前のタフネスでクラスメートたちの視線など気にすることなく、ずかずかと教室を進んできた。

「何よ肉欲って。心配しなくても、肉くらいちゃんとお弁当に入ってるわよ」

ついに結は俺の席までたどり着いてしまった。みなは興味津々《きょうみしんしん》といった様子で俺と多賀雄と結の動向を見守っている。

「えー大城《おうじょう》くんの彼女なの？　超意外〜。地味男の派手好みってこのこと〜？」

「ひょっとして金払ってるんじゃないのー。援助的な」

「俺は大城が超絶テクニシャン説を提唱する」

ひそひそと漏《も》れ聞こえてくるクラスメイトたちの囁《ささや》きに、俺はいたたまれず、多賀雄を床へと放り出すと、結の手を引き、急いで廊下へと向かう。

「ちょっとー、何ー、乱暴しないでよー」

「とりあえず廊下っ」

結はしぶしぶといった様子で俺の後をついてくる。

「おおっ、大城かっこいーっ」

「大城くんって結構亭主関白《ていしゆかんぱく》？　これも超意外～」

「やっぱ人前じゃまずいから、廊下で金払う的な？」

胃の痛くなるような囁《ささや》きとヤジだ。ああ、まずい、俺のマドンナ桜井《さくらい》さんに誤解をされてしまう。俺はちらりと視線の端で桜井さんを確認する。浮世《クラス》の喧騒《けんそう》はなんのその、涼しい顔で読書に励《はげ》んでいた。ほっとすると同時に少し寂しさも感じる。俺って完全にアウトオブ眼中ってことじゃないか。

ようやく結とともに廊下へとたどり着くと、教室のドアを閉めた。

「はい、弁当。ちょっと知らない顔が教室に現れただけで大騒ぎだなんて、高校生って刺激に飢えてるのねー」

「知らない顔だからではなく、派手だからだっつーの」

「あたしなんてぜんぜん地味よー。センター街いってみ？　ピンクだとかブルーだとかの髪の子がいっぱいいるんだから」

「比べる対象が間違ってますってば」

結《ゆい》が差し出した包みを受け取ると、ふと気になっていたことを口にした。

「なぜに制服っすか」

「結構イケてるでしょ。せっかくだから校内を取材して帰ろうと変装してみたんだけどさ」

まんざらでもない様子で、スカートの両脇《りょうわき》を広げると、その場でくるりと回った。スカートがひらりと舞い、俺は慌てて目を逸《そ》らした。

「いや、バレますって。明らかに浮いてるじゃないですか」

結は無言で脚を蹴《け》り上げると横へと回した。回し蹴りのミドルキックだ。

「おわっ」

俺は目を疑りながら慌てて後ずさり、その場に尻餅《しりもち》をついた。

「や、やめてくださいってば。なんなんですか」

「アンタ、あたしをおばさん扱いしたね」

「してないっすよ、ただ浮いてるという事実を述べたまでで」

「しゅっ、しゅしゅっ。うっかり口を滑らせた自分のうかつさを恨むがいいわ。しゅしゅっ」

結は軽く腰を落としたファイティングポーズで俺との間合いを計っている。

通りがかりの生徒たちが好奇心丸出しの顔つきで、俺と結のファイトを遠巻きに囲み始めた。ああ、もうやめてくれよ。俺の希望は目立たず恙無《つつがな》く学生生活を送ることなんだ。こういうふうに目立ってしまうと、俺のキャラが誤解されてしまうではないか。

「おおっ、これはいわゆるひとつの痴話喧嘩《ちわげんか》ってヤツですか。生で見るとナマナマしくてちと興奮するような」

　廊下の騒ぎを目ざとく嗅《か》ぎつけた多賀雄《たかお》が余計な口を挟《はさ》みながら現れた。

「おーっ、なかなか隙《すき》のないファイティングポーズですなー。舞《まい》が判断するに格闘技経験者かと」

　目をキラキラと光らせた舞もギャラリーに加わる。

「悪いけど、あたしはストリートファイトオンリーよ」

　結はあくまでも好戦的な笑《え》みを浮かべると、機械的な口調で開戦を告げた。

「バイオレンス系スイッチが入りましたー。カチーン」

「って、もうとっくにスイッチなんて入っちゃってるじゃないですか」

「うるさーい。人をおばさん扱いした罰じゃあー」

　今度は脚を降りかぶった。廊下に尻をつけた俺は逃げることもできず、脳天踵《かかと》落としを真正面から受け止めた。

　くらりと意識が遠のく。チカチカと点滅を繰り返す瞼《まぶた》の裏に結のパンティーがくっきりと焼きついた。

「結様が持ってきたお弁当のためにも、床を舐《な》めてお腹《なか》いっぱいにするんじゃないわよ」

　結は高々と勝利宣言すると、ひらりとスカートを翻《ひるがえ》して去っていった。

「おー、すっごいインパクト！　これは取材せねばっ」

舞《まい》が慌ててその後を追っていく。

「だ、大丈夫か、哲太《てった》」

慌てて駆け寄ってきた多賀雄《たかお》が、俺を抱き起こした。

「ううう。制服にTバックはまずいと思います」

俺は遠のき行く意識に抗《あらが》いながらも、うつろに呟《つぶや》く。

「Tバックか。それならばノックアウトを恥じることはないぞ哲太。武士の本懐《ほんかい》だ。それに弁当は無事だ。安心しろ」

やはり、こういうときは男同士に限る。友情に感激し、力なく頷《うなず》いていると、

「こんなところで横になっていたら、通行人の邪魔、歩行の妨《さまた》げよ。どいていただけるかしら……このボロ雑巾《ぞうきん》が」

聞いたことのないほど冷たい口調が頭の上から降り注いできた。

突如《とつじょ》、背筋に氷を入れられたような悪寒《おかん》が走る。しかも、ボロ雑巾っていったいなんのことだ。

おそるおそる声の主を見上げると、そこにいたのは、ロングヘアーの美少女……生徒会長の白百合清香《しらゆりさやか》だった。なぜに3年の白百合が2年の校舎に？

白百合は、腰まで届きそうな黒髪をさらり、と揺らしながら俺と多賀雄を摂氏零度《せっしれいど》のブリ

ザードな目つきで一瞥《いちべつ》すると、くすり、と唇《くちびる》の端《はし》を歪《ゆが》めて笑った。

「ここは廊下であって、ベッドルームではございませんのよ……通してくださる？　それとも、踏んづけてもいいのかしらね、この薄汚い足拭《ふ》きマットどもが」

それとも、の後は小声だったので、うまくは聞き取れなかったが、薄汚いとか言われたような。なんだそれ。横を見ると、同じく暴言に驚いた顔の多賀雄がこちらを見ていた。しかし、情けなくもすでに、反射的に退《ひ》いてしまっている俺と多賀雄。まるで男のプライドゼロ。だって怖いんだもの、白百合先輩。

なぜこんなにも俺が白百合をビビっているのかというと、学園で噂《うわさ》されているいくつかの逸話のせいだ。

2年前、俺がまだこの私立啓華《けいか》高校に入学する前のことだ。当時、うちの学校を仕切っていたのは、とある男子生徒だったという。

彼の属性は、喧嘩《けんか》が強くて不良。ようするに負のパワーで学校を牛耳《ぎゆうじ》っていたらしい。

最終学年に上った彼は、その年の新入生の中で一際《ひときわ》目立つひとりの少女に目をつけた。モデルばりの長身に、当時すでにFカップあったという早熟な肢体《したい》。艶《つや》やかな長い長い髪の毛に、まるで、真冬の湖のように神秘的な憂《うれ》いを湛《たた》えた瞳《ひとみ》、そして挑発的な笑《え》みを浮かべた薄い唇の美少女。

白百合だ。

腕力だけでなく顔面にも自信のあった某男子生徒は、白百合《しらゆり》に自信満々で告白をする。しかし、白百合から返ってきたのは、

「冗談でしょ（くすっ）。どうやったらそんな発想が出てくるのか、さっぱり理解できない（くすくすくす）」

という嘲笑《ちょうしょう》交《ま》じりの返事だった。

プライドをずたずたにされた男子生徒は、白百合を力ずくでモノにしようと決意した。サイテーのヤツだ。

ある日の放課後、白百合は、男子生徒の腰ぎんちゃく2人に両腕を摑《つか》まれ、無理やりに防音設備が整えられた視聴覚室へと連れ込まれた。

床へと放り出された白百合の態度は、なぜかそこで急変する。男子生徒に対してウエルカムな誘惑モードにチェンジだ。唇《くちびる》に薄く笑《え》みを貼《は》り付けたまま、突然の豹変《ひょうへん》に戸惑《とまど》う男子生徒のベルトをゆっくりと外《はず》す白百合。そして男子生徒のトランクスからアレを取り出すと、隠し持っていたアイスピックで……ぐさり。

あまりの激痛にのた打ち回る男子生徒を見て、白百合はゆっくりと気高い顔を上げ、にやりと笑ったという。驚きのあまり、腰を抜かしたように動けないでいる腰ぎんちゃくを尻目《しりめ》に、すっくと立ち上がると、冷たい微笑《びしょう》を浮かべ何事もなかったかのように、視聴覚室を出て行ったとか。

聞くだけで、股間《こかん》がきゅ、と縮まるが、これは白百合を取り巻く都市伝説のひとつだ。アイスピックを持ち歩いているというあたり、かなり脚色されているような気もする。金蹴《きんけ》りくらいはありえるかもしれないが。

その他《ほか》にも、女子高生ながらにＳＭクラブで女王様のバイトをしている、弁当は生肉、黒魔術に精通している、などなど黒髪の神秘的なルックスに対する偏見としか思えないゴシック＆ダークネスな噂《うわさ》に塗《まみ》れている。とにもかくにも、ある意味、啓華《けいか》高校の生きる伝説。

まるで参勤交代に出くわした農民のように這《は》い蹲《つくば》った俺たちの前を涼しい顔で通り越していく白百合の、スカートの下からパンティーがちらりと見えた。

「水色」

多賀雄《たかお》がすかさず目を輝かせた。しかし白百合は嘲《あざけ》るような笑みを浮かべ、さっさとＦ組の教室へと消えていく。虫にパンチラなんて見られても気にしないとでもいう風情だ。

「うわーあんだけ美人に虫ケラ扱いされると、なんかちょっと興奮すんな」

奇《く》しくも多賀雄も俺と同じく虫ケラ扱いされたと感じたらしい。確かに美人なことは認めるが、嫌な女。

多賀雄とともに教室へと戻ると、白百合は桜井《さくらい》さんと話し込んでいた。突如湧《わ》き起こる雨雲のような嫌な予感。目の端《はし》でちらりちらりとふたりの様子を窺《うかが》っていると、舞《まい》が、ぶつぶつと呟《つぶや》きながら教室へと戻ってきた。

「うう、あの派手系格闘女……あっさりと撒《ま》かれてしまうとは、無念であります……大城《おうじょう》クン、彼女はいったい何者なのですか」

よほど悔しいのか、舞《まい》はギシギシと歯軋《はぎし》りをしていたが、俺の視線の先を見つめて驚いた声をあげた。

「おお。なんと。次のリリーSのターゲットは桜井《さくらい》ひとみですか」

「リリーSとは？」

首を傾《かし》げる俺に、

「白百合清香《しらゆりさやか》のことであります。女子高やなんかで、上級生と下級生とで友愛以上恋愛未満的な関係を結ぶことを、シスターというのです。だから簡単にいうと、白百合お姉さま《リリー・シスター》の略からついたあだ名なのであります」

舞は得意げに人差し指を突き上げながら言う。

「白百合お姉さま！　なんかエロスな響きだねー」

多賀雄《たかお》が、俺の隣の席に勝手に座り、弁当を広げながらニンマリと笑《え》みをつくった。

「なんかややこしいな。友愛以上恋愛未満って、ようするに、白百合先輩は桜井のことが気に入ってるってことだよな」

俺は、結《ゆい》が届けてくれた弁当を包みから取り出しながら、舞の話に相槌《あいづち》を打つ。つうかこれ、辞書か電話帳でも入っててんのか。Ａ４サイズほどの大きさがある上に、ずっしりと重たい。

「それが、そんな甘い話でもないわけでありまして。シスターうんぬんは表の話。裏もあるけど聞きたければ、それなりの対価が必要かと存じまするゆえ」

「対価ってなんだよ、それ、もったいぶるんじゃねーよ」

いちいちオタクくさい言い回しをする舞にプチ切れしながら、弁当の包みを解くと、２段の重箱が現れた。なんだこれ、花見弁当か。

蓋《ふた》を開《あ》けると、鶏《とり》の唐揚げに花形の人参《にんじん》の入った煮物、ミニハンバーグに焼き鮭《ざけ》に春巻きにウインナーにだし巻き玉子、極《きわ》め付けは伊勢海老《いせえび》と、和洋折衷《わようせっちゅう》で百花繚乱《ひゃっかりょうらん》かつ豪華絢爛《ごうかけんらん》なおかずが並んでいた。

「おわっ」

「すっげぇ」

「何それぇ」

俺に多賀雄、舞までも口を揃《そろ》えて驚きの声をあげた。

「大城クンの彼女さんは、見た目とは裏腹に料理の腕はたいしたものであります」

と舞が感心したように息を漏《も》らした。

「あんなエッチそうで、かつ料理が上手だなんて、むしろ彼女として百点満点じゃないか。胃袋と下半身満足しまくりかよ。くっそー」

多賀雄が地団駄《じだんだ》を踏む。

「姉ちゃん？」

「違うから安心しろ多賀雄《たかお》。実はさっきのはアレだ。姉ちゃんだ」

「おおっ。さっきの女子の正体は、大城《おうじょう》クンのお姉さんだったでありますか。うぬーっ、あんな目立つ人、学内にいたらこの舞《まい》が見逃すはずないんですが……それでは舞もありがたくご相伴《しょうばん》にあずかります」

言うが早いか、すでに俺の弁当箱から唐揚げをつまみ上げている。

「んーおいしゅうございますー。大城クンのお姉さん、お料理上手でありますー」

舞は両手を頰《ほお》に当て破顔している。

「だから違《ちげ》ーって。親父《おやじ》が再婚したんだよ。で、これは紫《ゆかり》さん……親父の再婚相手が作ってくれたんだよ」

「なに？　お前、母ちゃんもできたのか？　それは美人か？」

多賀雄もさりげなく、俺の弁当箱からミニハンバーグをアブダクトしている。

「おおっ、ということはひょっとして妹もできたでありますね」

舞がウインナーに手を伸ばしながら首を傾《かし》げた。

「なんで知ってるんだよ」

俺は弁当が見る見るうちに減っていくのに恐れをなし、慌てて机の上から持ち上げる。

「舞の取材力を舐《な》めないで欲しいであります、今日、1年に転入してきた美少女は、たしか大

城という名前であったかと……このタイミングで大城《おうじょう》くんに母親と姉ができたって話を聞いたら、同じ名前の転入生は妹だと推理するのがじょーしき。ってちょっとぉケチ。届かないではないですか」

舞《まい》はぴょんぴょんと飛び跳ねながら言う。

「つうか何？　お前の妹、美少女なの？　紹介しろよ」

さりげなく背伸びしている多賀雄《たかお》も、俺の弁当をあくまでも奪取する構えだ。

「わかった。ちゃんとやるからとりあえず落ち着け。のべつ幕なしに食われちゃ、俺の分がなくなるだろうがっ。オスワリ、ステイ、オアズケっ」

俺は飢えた2匹の獣《けもの》を諌《いさ》め、これなら静かになるかと食べるのが面倒くさそうな伊勢海老《いせえび》を手渡した。すると、２人とも殻から身をほぐすのに気をとられ、ものの見事に静かになった。

といっても、公害レベルの騒音が、ご近所迷惑レベルに落ち着いただけだが。

「うおー面倒くせえけどウメー。殻がたまに攻撃するみたいに爪《つめ》の間に刺さるところがまた、征服欲をそそるー」

多賀雄は、海老にむしゃぶりつきながらも至福の表情を浮かべている。

「そうそう、征服欲で思い出しました。情報提供を忘れていたであります。食べた分の対価を伝えなくては」

舞は、親密そうに話し込んでいる桜井《さくらい》さんと白百合《しらゆり》をちらりと見やった。

「舞の調査によると、リリーSの由来の真実は、白百合の性癖《せいへき》から来てるという話でありまして。どうやら彼女は、百合でサディスト。それゆえ、リリーSというわけですな」

「サディストはわかるけど、百合ってどんなん？」

俺は首を傾《かし》げる。

「女子同士の恋愛であります」

「知ってる知ってる。こないだのＤＶＤ、『百合学園』ってヤツでさぁ。バリバリのレズビアンで超興奮しちゃったよー。俺も女だったら確実にレズだね、だって女の子大好きだもん」

多賀雄のアホらしい主張を聞き流しながらも、不安な事実に思いあたった。

たしかに白百合が校内で女同士、手をつないで歩いているところなら、俺も何度か見かけたことがあるのだ。女子同士というのは、男同士と違って、基本的にべたべたとしているものだし、手をつないだり組んだりしている姿もまったく見ないわけではないから、別段、おかしいとは思っていなかった。

しかし、舞が言うには、たまにトイレの個室に女の子を連れ込んで、籠《こも》っていることさえもあるそうだ。これが男女だったら生活指導モノの話なのだが、あいにくのこと、女子と女子の間のことなので、教師たちも口を挟めずにいるらしい……ってずるいよな。不純異性交遊はダメで、不純同性交遊が許される理由がわからん。

「と、いうわけで、大城クンはどうするつもりでありますか」

舞《まい》は望遠レンズのついたカメラを構え、桜井《さくらい》さんと白百合《しらゆり》に向けてシャッターを切った。

「どうするってどういうことだよ」

「大城《おうじょう》クンは、桜井ひとみ狙《ねら》いなのでは」

「あふぁうっ」

「噛《か》みすぎかと」

「……なんでお前、そんなことを知ってるんだよ」

「より多くの情報を制するものが優位に立つ……情報戦の時代でありますから」

「なんだそりゃ。絶対にバラすんじゃねーぞ」

「今、大城クンがすべきことは、舞に対して悪態をつくことではなく、どうやって桜井ひとみを白百合の毒牙《どくが》から守るかを考えることではないかと」

「おおっ、まさに正論」

多賀雄《たかお》が突っ込みを入れると、舞はまんざらでもない様子で頷《うなず》いた。

両手を顎《あご》の下に組んで楽しそうに笑う桜井さんと、頬杖《ほおづえ》をついて意味深な笑《え》みを浮かべる白百合とは、ずいぶんと親しげに見える。単なる友人ではなく、白百合がそれ以上の座を狙《ねら》っているだなんて。純粋な桜井さんが、白百合の誘いにやすやすと乗ることはないと思う。しかし、純粋だからこそ、うっかりと乗ってしまうこともないとはいえない。だいたい、女同士って何をどうするんだ、トイレに籠《こも》っていったい何を。俺は妄想に囚《とら》われそうになり、慌ててそれを打ち消す。

桜井さんにそういう想像をすることは、俺が俺に禁ずる。

６限目の古文の授業を終えると帰宅部の俺は、速攻帰る準備を始めた。

「なんか急いでね？　暇《ひま》ならエキバにでも誘おうと思ってたんだけど」

駅前にある全国チェーンのハンバーガーショップ、駅バーガーを略して『エキバ』は、近隣の高校生たちの溜《た》まり場だ。

大人は考えたこともないだろうが、俺たち高校生に居場所はそれほどない。公園や道端で溜まっていると嫌な顔をされるし、誰《だれ》かの家というのもたまにならいいが、いつもいつもでは、気が引ける。カラオケも悪くはないが、常に歌いたい気分なわけではないし、昼間から窓もない個室にいるのは気が滅入《めい》る。

そこでエキバだ。

エキバは財布にも優しい。ドリンク類だけではなく、ハンバーガーにアップルパイも百円。百円で買える居場所なんてあまりない。

しかも、エキバには、特典すらもある。

俺たち、発情期真っ只中《ただなか》の健康な男女が求めているもの、それは出会いだ。出会わなければ、求愛すらできないからだ。エキバの最大の特典。それは他校の生徒と出会えてしまうこと。

エキバ＝ナンパスポット。これが、この辺りの高校生たちの共通認識である。しかし、スケベなくせに、気弱なところのある多賀雄《たかお》は、自分から決して声を掛けたりはしない。もちろん、向こうから声を掛けられるようなルックスでもないから、今んところ出会いの数はゼロ。

それでいてエキバに足しげく通うのは、カワイコちゃんを発見し、ただ見つめるためだというから呆《あき》れる。

しかし、今日の俺には予定がある。

「ああ、悪《わり》ぃ。ちょっと用事があって。また明日な」

俺は多賀雄に謝ると、さっさと教室を後にした。

今日は、紫《ゆかり》さんたちの荷物が届く予定だ。ベッドや電化製品などの大物はないと言われているが、一応、俺も、我が家唯一の男手として待機し、ちょっとは使える男なことをアピールしておきたい。

昇降口で靴《くつ》を履《は》き替えていると、背中にぴとり、と誰《だれ》かが抱きついてきた。

振り向かずともわかる。校内でこんなことをするのはただひとり。

「哲太《てった》お兄ちゃん、楓《かえで》と一緒に帰りましょ」

こんなところを桜井《さくらい》さんに見られ、誤解されでもしたらどうするんだっつーの。

「わかったから、はい、離して」

俺は後ろから回された手を振り払おうと身を捩《よ》じらせた。しかし、楓ちゃんの腕は、がっちりの俺の腰を挟《はさ》み込んで離れない。

か弱そうに見えて馬鹿力《ばかぢから》じゃねーか、コイツ。

しかし、考えてみれば男なのだから、こんなものか。エイヤと力を入れて、無理やり離すと、楓ちゃんはなぜか不満げに口を尖《とが》らせた。

「楓はもっと哲太お兄ちゃんと仲良くしたいんです」

「はいはい、仲良くしたいのは俺もだけど、学校で過剰《かじょう》なスキンシップは無理だから」

「無理と決めてるのは哲太お兄ちゃんじゃないですか」

他校の制服を着ている芸能人レベルの美少女ときては、目立ち方も半端じゃない。俺はとにかくこの場を離れようと、校舎の外へと急ぐ。

「待ってくださいようー」

楓ちゃんは、慌てて俺の後を追ってきた。ウザいような、それでいて誇らしいアンビバレントな感情が湧《わ》き上がってくる。

そういえば子供の頃《ころ》、弟や妹がいる奴《やつ》は付きまとわれると、よく邪険に扱っていたな、と思い当たった。その癖《くせ》、うっかり転んだりすると自分のほうが泣きそうな顔で、慌てて抱き起こしに行ったりして。当時は、なんでだかわからなかったが、今になって少しわかる気がする。

俺は少し歩調を遅くして、楓ちゃんが追いつくのを待つ。

転ばれたら困るしな。

しょーもない俺のS、マトモじゃない家族のM。

高校から我が家までは、歩いて20分ほどだ。

正門を出て、住宅地をまっすぐ5分ほど行くと駅前に出る。駅舎に隣接した踏み切りを越えると、右手にロータリー。ロータリーの正面にはエキバがある。俺たちは、そのすぐ脇《わき》の道へと進む。商店街になっている通りだ。

夕方少し手前という時間帯のせいか、夕食の食材の買い出しに訪れた主婦たちと、学校帰りの学生らでほどほどに賑《にぎ》わっている。

青果店の軒先には真っ赤なトマトが籠《かご》に盛られ、その隣のうどん屋さんからは、出汁《だし》のいい匂《にお》いが漂ってくる。小腹《こばら》が減ると、ついつい立ち寄ってしまうタコ焼き屋やコロッケの旨《うま》い精肉店、うちの学校のアーケードゲームマニアのやつらが集《つど》うゲームセンターなどが軒《のき》を連ねている。

俺はふと、紫《ゆかり》さんと結《ゆい》に面倒を見るように言われていたことを思い出して、隣を歩いている楓《かえで》ちゃんに話しかけた。

「楓ちゃん、学校はどうだった?」

「あっけなくパスでした」

「パス?」

「あー、女装がバレないことです。ちなみにバレちゃうことはリードって言います。ってまぁ、楓は今までリードされたこと一度もありませんけど」

「はぁ……まぁ、良かったね。友達はできた？」

「はい。うちのグループに入りなよ、とたくさん誘われました。何人かと携帯番号とメアドの交換もしましたし」

「そうか、それ聞いて俺も安心したよ」

やはり紫さんと結は心配しすぎだったのだ。楓ちゃんのこのルックスなら、みな仲良くなりたいと思うはずだ。きっと俺の出る幕などはないまま、楓ちゃんはクラスのＡ級グループに入り青春を謳歌《おうか》することだろう。

と、俺の横をちょこちょこと歩いていた楓ちゃんが、突如《とつじょ》、左手パー、右手人差し指を一本空に向けて突き立てた。

「６人です、６人」

「６人とは？」

「楓が今日告白された人数です」

「へーモテモテじゃん」

俺は驚いて感嘆の声をあげた。初めて会った女の子に、会ったその日に、告白するヤローがいることにも驚きだが……って待てよ。

「告白してきたのって、全員男？」

「当たり前です。楓《かえで》は、学校でもちゃんと女の子枠ですから。だって、楓が男子トイレに入ったり男子と着替えたりってどう考えてもおかしいじゃないですか」

見た目的にはそうだが、それって問題とかないのか。しかし、さすがに、学校側も男だとは知らずに入学させたということはないだろうから、おそらくのところ、女として学生生活を送る、ということで話はついているのだろう。

「気に入った奴《やつ》とかいなかったの？」

「むー」

楓ちゃんはすべすべとした頰《ほ》っぺたを膨《ふく》らませると、ぶるんぶるんと顔を横に振る。

「だって全員男の人ですよ？　楓の性的志向は男性ではないですから」

「ごめん、楓ちゃん、言っていることがよくわかりません」

「だからー。楓は、女の子が好きなんですよー。いわゆるひとつのレズビアンってヤツです」

俺は若干混乱を抱え込んだ。

よし、整理をしよう。楓ちゃんは肉体的には男なのだから、女の子が好きなのは別に驚くことはない。しかし、それをレズビアンと呼ぶのはどうだ。正しいのか、正しくないのか？

「哲太《てつた》お兄ちゃん、そんなに深く考え込まないでください」

「ああ、すまん」

楓ちゃんには自分なりの都合というか趣向というか事情があるのだろう。俺はひとり納得してうんうんと頷《うなず》く。すると楓ちゃんはするり、と俺の腕に自分の腕を絡《から》ませてきた。フローラルな髪の匂《にお》いがふんわりと香りたつ。昨日から俺と同じシャンプーを使っているはずなのに、なぜこんなにいい匂いがするんだろう。

「でも、哲太お兄ちゃんと会って、男の人もいいなって思いましたよ、とか」

「あぐっ」

俺は、再び混乱の渦中へと引きずり込まれた。

俺たちの住むマンションは商店街を抜け、バス通りの街道を渡り、住宅地へと一本奥に入ったところだ。築20年近くが経《た》っているとはいえ、俺のひとり暮らしには勿体《もったい》ない4LDK。しかし、ファミリー用のせいもあり、バブルの頃《ころ》に建てられた割りには質素な佇《たたず》まいである。今どきオートロックもついていない。

「あっ、ヤバい……」

楓ちゃんは、マンションの手前に来ると、なぜか慌てた様子で俺の背中へと身を隠した。

「どうした？」

俺が振り向くと、

「しーっ、しーっ」

と口に当てて必死の形相《ぎょうそう》だ。エントランスを見ると、30歳すぎの男性が人待ち顔で佇《たたず》んでいる。脚にぴったりと張り付いた細身のスキニーパンツに、上半身はピチピチのTシャツ。着ている本人が細ければビジュアル系というカテゴリで済まされるが、ボーズ頭に小太りを通りこしたガチムチ体型のため、あんまり見ちゃいけない人オーラを発しまくっている。

「アレ?」

俺が指を差すと、楓《かえで》ちゃんは泣きそうな顔でこくこくと頷《うなず》いた。何事かはわからないが、緊急事態のようだ。俺は楓ちゃんを連れると、男からは見えないマンションの角へと移動した。

「ストーカー的な?」

「ちょっと違いますけど、まぁ、会いたくない、的なことは確かです」

「でも、アソコを通らないと、家の中へは入れないよ?」

「わかってます。むむむー」

楓ちゃんはしばし眉間《みけん》に皺《しわ》を寄せて考え込んだ後、ぽんと手を叩《たた》いた。

「ここは、哲太《てった》お兄ちゃんがあの人をやっつけちゃってください」

「いや、やっつけろと言われても……明らかに階級が違うし、そもそも喧嘩《けんか》とかしたことないし」

「大丈夫です。素人《しろうと》同士の喧嘩は気合いが入ってるほうの勝ちですから」

「そんなアドバイスもらっても」

「本当ですよ。楓はそれで15人抜きをしたことがあります」

「15人って楓ちゃん、前の高校ではどんな生活を」

「安心してください。やんちゃをしてたのはちゅー坊の頃《ころ》のことですから。ああ、スペクター・アクリョー・ミナゴロシ……」

楓ちゃんはなぜか昔を懐かしむような遠い目をした。

おいおいおいおいおい。なんだその凶暴《きょうぼう》そうな名前は。お兄ちゃんは楓ちゃんのことがどんどんわからなくなっていくのですが。

俺は、首を伸ばして角からエントランスを窺《うかが》う。男は、楓ちゃんの帰りを待っているのか、きょろきょろと辺りを見回している。身長は１８０㎝あるかないか。体重はゆうに１００㎏を超えているだろう。気合い勝負と楓ちゃんは言ったが、明らかに俺よりも強そうだ。絶対に無理。怖気《おじけ》づく俺の視線に気がついたのか、男はこちらに向き直ると、いぶかしげに首を傾《かし》げた。

「あ、ヤベ。目が合っちゃった」

「ええっ。どういうことですか」

「いや、今、俺と」

「なんで目を合わせるですかーっ」

楓ちゃんがうかつにも叫び声をあげた。男はそれで確信したのか小走りでこっちへ向かってきた……きたーっ。

「か・え・で・ちゃ――――ん」

俺は慌てて楓《かえで》ちゃんを背後へと隠す。しかし、男はあっさりと俺を押し飛ばすと、楓ちゃんにぎゅぎゅぎゅぎゅと抱きついた。

「んぐっ、苦しいっ」

屈強な男に締め上げられ楓ちゃんは悲鳴を上げる。

「相変わらず可愛《かわい》い顔しちゃってー。くるうー」

「あうっあふっあくっ」

「ちょ、ちょっと、楓ちゃんを放してくださいよ」

「ウルサーイ」

腕を邪険《じゃけん》に振り払われ、温厚な俺もさすがにピクリと来た。しかも楓ちゃんは、男に力いっぱい抱き締められ、顔を青くして呼吸困難に陥《おちい》っているではないか。

なんとかしないと。俺はとりあえず武器を探したが、目ぼしいものはない。仕方なく鞄《かばん》を頭上に持ち上げると、思い切って男の後頭部へと振り下ろした。

「痛ぁああっ」

男が頭を抱えて振り向いた。慌てて攻撃したのは俺ではないフリを装い、そっぽを向いた。

しかし、そんな小細工が通用するわけもなく、男は獰猛《どうもう》な顔つきとは裏腹の、華麗な足捌《さば》きで、さっと一歩近寄った。そしてすばやく俺の腕を取ると、くるり、と体を反転させる。

気がつくと俺は地面に叩《たた》きつけられていた。息をつく暇《ひま》もなく男は俺の首に腕を回し落としに掛かった。

「ツツツツツツツツっ」

俺は精一杯の意思表示として唯一自由になる手で相手の腕をバンバンと叩き、ギブアップをアピールするが、男はそ知らぬ顔。腕の力を緩《ゆる》める様子はない。このおっさん、明らかに玄人《くろうと》じゃねーかよ。

俺は薄れ行く意識の中でふと思った。地べたを舐《な》めるのは、本日2回目だ。


「ラブちゃんはねー、イサオっていうんだホントはねー。だけど女装子《じよそこ》だから、自分のことラブちゃんって呼ぶんだよー。おかしいね、ラブちゃーん」

「いやーん、やめてーっ、辱《はずかし》めないでー」

「ラブちゃんはねー、イケメン大好きホントだよー。だけどムッサイからイケメンをなかなか食べられないのー。かわいそうね、ラブちゃーん」

「あーん、あたしがかわいそうで、涙が出ちゃうー」

何やら騒がしい声で目を覚ました。

瞼《まぶた》を開けると、何か光る物体が目の前にあった。電気の笠《かさ》……ということは天井が上、このフワフワしたのは布団《ふとん》か。目に映《うつ》る景色が、徐々《じよじよ》に輪郭《りんかく》を持ち始める。どうやらここは自分の部屋で、俺はベッドの上に寝かされていたようだ。

歌っているのは結《ゆい》で、それに合いの手を入れているのは、先ほどの柔道男ではないか。

「哲太《てった》お兄ちゃんが目を覚ました」

ずっと、見守っていてくれたのか、俺が目を覚ましたことに気がついた楓《かえで》ちゃんが安堵《あんど》の声を漏《も》らした。

「なんで不審者がちゃっかり俺の部屋に」

俺は身を起こしながら誰《だれ》ともなく尋ねる。

「いやあん、不審者扱いされたぁ」

柔道男が結に泣きついた。ふわふわとしたピンク色の熊の着ぐるみという、理解不能な格好をした結は、すっくと立ち上がると俺の腹にパンチを入れる。

「ぐげっ」

「アンタ、ラブちゃんのこと後ろから襲《おそ》ったらしいじゃない！　あたしの友達に何すんのよっ」

「お、襲ったって、その男が先に楓ちゃんに抱きついたから……」

「だってー、楓は、抱き締めたいくらい可愛《かわい》いんだもん、しかたないって感じー？」

「つーかそもそも、誰、このおっさん」

「おっさんですって!?」

あろうことか男はハラハラと涙を流し始めた。

「あー哲太が泣かせたー、乙女を泣かせたー」

結が妙な節をつけて歌うように言う。

「誰が乙女だよ」

「ひっどーい、あたし、こんな見た目だけど、心の中はばっちり乙女なんだからー」

五分刈りのボーズ頭に無精髭《ぶしょうひげ》、一重の瞼《まぶた》……どう贔屓目《ひいきめ》に見ても俺には乙女には見えぬぞ。

結では相手にならないと踏んだ俺は、床に置きっぱなしになっていた北條《ほうじょう》ナナの写真集をペラペラと捲《めく》りながら「うわーエッチだー」と小声でぶつぶつ言っている楓ちゃんに尋《たず》ねた。

「あの男の人はいったい」

「うんとねー、結ねえの友達で、キャンディッド・ラブ・ドロップスちゃん。略してラブちゃん。ニューハーフパブのママさん」

「どーもーラブですぅー」

自己紹介をするときは、瞬時に自然とお仕事モードに切り替わってしまうようで、さっきの涙はどこへ行ったのか、くねくねとしなを作っている。

「そもそもラブちゃんの大切な漫画を、借りパクした楓が悪い」

結は楓に人差し指を突きつける。楓ちゃんは、たじろいだようにビクリ、と体を震わせる。

「ごめんなさい、それは楓が悪かったです。でも悪気があったわけじゃないんです。うっかりジュースをこぼしてしまっただけなんです。それで、本屋さんを回ってはみたものの……」

「無理よー。だってあれ、絶版よ絶版。そんなに簡単に手に入るはずないわー。ああっ、あたしの一番お気に入りのオカズがぁ」

ラブちゃんが両頬《りょうほお》を手の平で包み、絶望に打ちひしがれた顔で言った。

「うぬーラブちゃん。このふつつかな妹というか弟の責任は結《ゆい》がなんとか。えっと、ＹＵＩ先生も参加しておる超プレミアものの激エロ同人誌で手を打ってはくださらぬか」

「えっえーそれって何なに？」

「ふっふっふ。『鬼畜男子甲子園《きちくだんしこうしえん》』」

「うっそー！　ネトオクで10万くらいの値段ついてるヤツじゃないー。いいのいいの？　あたし、海老《えび》で鯛《たい》釣っちゃってていいのー？」

「もしも必要ならばこのＹＵＩ先生のサインも入れてしまおうかねー」

「ちょ！　やっぱーい。ラブちゃん江って入れてくれちゃったりとか」

「うぬー結は偽名は許しません。イサオさん江と入れちゃうよー」

「もー、意地悪はいやーん。偽名じゃないの、源氏名《げんじな》なのー」

結の友達というのは嘘《うそ》ではないらしい。明らかにめちゃめちゃ気が合ってるし。見た目だけで言えばギャルとおっさんという組み合わせであるが、心の中の女子度——最も結の場合は頭に「腐」がつくが——が同じらしく、会話を聞いているとまるで親友同士である。

ふたりのマシンガントークにあっけに取られていると、ラブちゃんがいきなり俺のほうに向き直った。

「そこの男子ぃー、今回は、この結に免じて許してやるけど、今度あたしのことをおっさん呼ばわりしたら、1本や2本は覚悟しておくのよ」

「ら、乱暴な……」

「乱暴じゃないわよ〜。気持ち良くして差し上げますからー、むしろ感謝いただきたいわぁ」

「って1本って腕とか足とかじゃないんですかっ。いったい何するつもり……」

「足は足でも3本目の足よー」

「……」

「なんなら今からやってみるー、うふふー」

両拳《りょうけん》を顎《あご》の下に当てるといった大昔のぶりっ子ポーズで小首を傾《かし》げている30歳過ぎのガチムチマッチョ。悪夢や。

「……俺、ちょっと喉《のど》渇いたからなんか飲んでくる」

地面に叩《たた》きつけられた衝撃が今さら効いてきたのか、頭が痛くなった俺は、結たちを自分の部屋に残してキッチンへと向かった。

冷蔵庫からコーラを取り出すと、少し考えた後、ペットボトルに直接口をつけるのはやめにして、グラスへと注いだ。結や楓《かえで》ちゃんが飲むかどうかはわからないが、一応、人と暮らす上で守るべきマナーだろう。

紫《ゆかり》さんは玄関からリビングへと続く廊下に掃除機を掛けているようだ。低い運転音が聞こえる。そういえばただいまの挨拶《あいさつ》をするのを忘れていたことに気がついた。

「紫さん、ただいま。引越し屋ってもう……」

俺はそこまで言って絶句した。

昨日の短パン男がそこにいた。こちらにエナメル短パンで包まれた尻《しり》を向け、中腰で掃除機を掛けている。

しかし、エロ漫画家だのボーイズラブだの百合《ゆり》だの女装だの男なのにレズビアンだのと、このところ、驚かされることの連続だった俺は、ごく冷静にダイニングの椅子《いす》へと腰を降ろした。

この男の正体として考えられるのは、

［1］楓《かえで》ちゃんか結《ゆい》（もしくはその両方）の友達
［2］幽霊（昼間なのに？）
［3］紫さんが雇った家政夫
［4］紫さんのお父さん
［5］紫さんの元夫
［6］紫さんの愛人

あって欲しいのは1。2だとしたらどうすれば。まぁ許容範囲ではあるのが3と4。5なら……それはそれで仕方がない。そして、困ったことになるのが6つ目だ。

さて、真実は如何《いか》に。答えは……本人に直接聞くしかない。俺はうんざりしながらも椅子から立ち上がると、昼だというのに薄暗い廊下で、謎の男にコンタクトを試みた。

「あのー、アナタ、何者ですか」

「ぶう」

「ここ、俺んちなんすけど」

「ぶぶぶぅ」

「それはブーイングですか」

「ぶぶぶぶぶ」

「ブーイングではない、と？」

「ぶーぶーぶー」

ダメだ。ラチがあかない。7つ目の新説は「ちょっと痛い人が昨日のどさくさに紛れて迷い込んでいる」これでどうだろうか。

「警察に電話して保護してもらいますよ？」

「ぶっぷー」

今のは明らかに否定に聞こえた。ということはこちらの言っていることは理解しているということだ。

そのとき、和室の襖《ふすま》が開《あ》き、空気を切り裂《さ》くような凛々《りり》しくも鋭い声が響いた。

「この薄汚い能なしの豚め。まだ掃除は終わってないのかい」

「ぶひーぶひーぶひー」

「ゆ、紫《ゆかり》さん？」

驚きのあまり、後ずさり廊下の壁に背中を貼《は》り付けながら尋《たず》ねる。

「あら……いやだ、哲太《てった》さん、帰ってらしたの」

紫さんはいつものおっとりした口調に戻ると、ささささ、と素早く廊下に出て、男を足蹴《あしげ》にし、リビングルームへと追いやるとドアを閉めた。

「さっきの誰《だれ》っすか？」

「えーなんのことかしらー、ヤダわぁ。ここにいるのはわたくしと哲太さんだけじゃない。ホホホ」

「いやいやいや、誤魔化《ごまか》しても無駄ですって。さっきのオジサンはいったい誰なんすか」

「あーえーうー、違うのよ、アレは人間じゃないっていうか……ほらぶぅぶぅ言ってたでしょ？」

「まさか……新婚で不倫……確かに紫さんをほったらかしの親父《おやじ》も悪いけど、さすがにちょっと早すぎるんじゃ」

「そんなんじゃないわよ！　ほら、あれよ。あれは……ただのペットなの！」

紫さんが力強く言い放った。いや、さすがにそれは無理があるでしょう。いくらぶぅぶぅ言ってるからといって。と、そのとき、リビングのドアが開いた。

「ペットじゃなくってド・レ・イでしょ」

振り返ると着ぐるみ姿の結《ゆい》だった。腰に手を当て仁王立ち。足元に這《は》い蹲《つくば》っているのは、短パン男だ。結につま先で、ぐりぐりとなぶられて、まるで捕獲された虫のようにバタバタと手足を動かしてもがいている。しかもその表情には恍惚《こうこつ》が……なんだ、コレ。

「ど、奴隷？」

結の後ろから、ラブちゃんがムサくるしい顔を覗《のぞ》かせて続ける。

「そうよー。紫さんはね、調教できないものはいない、とまで謳《うた》われたＳＭ界の伝説の女王様なのよー。そのムチ捌《さば》きと緊縛《きんばく》の的確さは芸術とまで評されて、１９９０年にアムステルダムで行われたＳＭコンベンションでは、日本人としては初めて、世界の女王10人にまで選ばれたすごいお方。うふっ」

「エ、ＳＭって。ちょっとよくわかんないんすけど……えっと、磁石はＳとＮで、電池はプラスとマイナスであるから、ああっ、ひょっとして服のサイズがＳでもＭでもいけるってことっすかねー。大は小を兼《か》ねる的な」

自分でも混乱して何を言っているのかわからないが、紫さんが、ＳＭだって？　その上、伝説の女王だって？　この男の人は奴隷だって？　まったくもって理解不能だ。だれか俺に説明してくれ。

「あんた、バッカじゃないの。ＳＭっていったら、サディズムとマゾヒズムでしょうがよ」

結《ゆい》が短パン男から足を離すと、男は素早く起き上がり、四つん這《ば》いでぶひぶひと鳴き声をあげながら移動し、紫《ゆかり》さんの側《そば》へと寄り添う。俺は、紫さんとその男とを交互に見やりながら小さく呟《つぶや》いた。

「紫さん、ＳＭって、ホントですか」

「……ええ、お恥ずかしながら、ＳＭ嬢でして」

紫は、顔を俯《うつむ》かせて頬《ほお》を赤くする。その様子はまさに大和撫子《やまとなでしこ》。それが……ＳＭってどういうことだよ、オイっ。

「えっと、今日はエイプリルフールじゃないですよね、でも嘘《うそ》とかついてみたんですよね、みんなで俺のことをからかってるだけですよね」

「哲太《てった》お兄ちゃん。残念ながら真実です。真実から目をそむけてはいけません。お母さんも、家族に嘘をついちゃいけないと楓《かえで》は思います」

「性別を偽装して学校に通っている楓ちゃんが言うことじゃないんじゃ……」

楓ちゃんはきっと俺を見上げた。

「楓の嘘はいい嘘なんです。方便の嘘ですから。家族を騙《だま》すこととは違います」

紫さんは困ったように、男の頭を撫《な》でると決心したように天井を仰いだ。

「そうね、楓の言うとおりかもしれないわ。哲太さん、たしかに、わたくしはＳＭの女王なのです」

俺は崩れ落ち、床に膝《ひざ》をつけて、自然と叫んでいた。

「嘘だーっ。誰《だれ》か夢だと言ってくれ、そうだ、紫さん、俺のことを殴《なぐ》ってくれませんか。そしたら、きっと夢が覚めて……紫さん、お願いですっ。俺を殴ってくださいっ」

「うわー、ママに殴ってくれとか頼んで、ひょっとして、こいつ、Ｍだったりして」

結が顔を歪《ゆが》めているが、そんなことは関係ない。だってコレは夢なんだから。

「お願いしますっ。紫さん、殴ってくださいー」

「ママ、殴ってあげたらいいんじゃない？　そしたらきっとわかるよ」

楓ちゃんが気の毒そうに眉《まゆ》をひそめると、紫さんは決心したようにこくりと頷《うなず》いて、手を大きく振りかぶった。一瞬、その顔にサディスティックな笑《え》みが宿る。

バッチーン。

鋭い痛みが頬、そして全身へと走った。ブルリ、と体が震《ふる》え、殴られたところから、じわじわと熱が広がっていく。

「……夢じゃ……ない」

「悲しいけど、これが現実ですねー」

楓《かえで》ちゃんが悲愴《ひそう》な声でいった。紫《ゆかり》さんは困った顔で俯《うつむ》いている。結《ゆい》だけは嬉《うれ》しそうに「きゃー、痛そうー」とノンキな声を上げている。

嗚呼《ああ》、ショックだ。こんなショックなことがあるだろうか。

こんな綺麗《きれい》で知的で大人でしっとりとして優しくて……マトモじゃない家族の中の唯一のオアシス、紫さんがSMの女王様って。俺はぐったりと頭を下げると、床に這《は》い蹲《つくば》った男と目が合った。なぜかこの男までも憐憫《れんびん》の眼差《まなざ》しを俺に向けている。

と思ったら、なんだか様子が変だ。目が赤く充血し、息をはぁはぁと荒げているのは、同情の涙ではなく、どちらかといえば発情しているような。

「やだー、なんか豚さん、殴《なぐ》られた哲太《てつた》を見て、興奮しちゃったみたいー」

結がけらけらと笑い声をあげた。

「ああ、もう嫌だ……、なんなんすか、SMって」

いいのかよ親父《おやじ》、俺はよくねーよ。混乱の最中にいる俺に向かい、紫さんは、慈悲《じひ》深い笑《え》みを投げかける。

「……親父、どういうことだよ」

小さく呟《つぶや》いた俺に紫さんは追い討ちをかける。

「もちろん、哲夫《てつお》さんには、十分にご理解いただいてますわ」

ご理解しちゃったのかよ、親父っ。意味わかんねーよ。って、もしや親父も紫さんに……

紫《ゆかり》さんが女王様だとしたら親父《おやじ》はM……最悪な想像が頭をよぎり、慌てて思考をストップさせる。親父がぶぅぶぅとか言ってたら、どうすりゃいいんだよ、俺。

「では、無事に引越し終了祝い&家族円満を祈《いの》って、乾杯〜」

紫さんの音頭に合わせ、グラスをぶつけ合う音が部屋中に響いた。トマトの赤、レタスの緑、卵の黄色とハムのピンクと、見た目も綺麗《きれい》なサンドイッチに、グレイビーソースの匂《にお》いが食欲をそそるローストビーフ、ホクホクとして美味《おい》しそうなジャーマンポテトに、熱々のブイヤベースと新鮮なサラダといった豪華な料理が並んでいる。

和食だけじゃなくって、洋食も上手なんだ……豚さん。俺は、ギンガムチェックのエプロンをかけ、キッチンで焼き上がったばかりのミートパイを切り分けている男を、複雑な心境で見つめながらコーラの入ったグラスに口をつけた。

紫さんの個人奴隷（すごい言葉だ）の豚さんは家事全般が得意で、昨晩の晩飯も今日の朝飯も弁当も、すべて彼の手によるものだそうだ。

ちなみに豚さん、というのは本名ではなくもちろんあだ名。名前を聞いてもブーブーと首を横に振るだけだし、皆に聞いても、「豚さんって呼んでるので、本名は失念してしまいました」とか「こんなもん、豚でいいのよ」とか「豚って呼んであげると喜ぶですよ?」とかで、結局本名はわからず仕舞《じま》いだ。

「豚さん、あの、弁当旨《うま》かったでっす。ありがとうございました」

一応、弁当の礼を言うと、豚さんはブーブーと頷《うなず》いた。

「ありがとう、礼儀正しい子だね、明日も期待してくれたまえ、と言っておりますね」

楓《かえで》ちゃんが通訳してくれた。

「もちろんありがたいっすけど、重箱とかじゃなくって、フツーにおかずが2、3品だけ入った弁当で十分っす」

「ぶーぶー」

「遠慮をするな、育ち盛りの若者よ、と申しております」

「いや、遠慮じゃなくって。食いきれないし」

すると、豚さんは悲しそうにしょぼんと下を向いてしまった。落胆したのか、肩をわなわなと震わせている。

「そんなに悲しまなくても」

と俺は正直、面倒くせーと思いながらフォローの言葉を探してぎょっとした。

悲痛な面持《おもも》ちでパイを皿に取り分けている豚さんは、なぜか恍惚《こうこつ》交じりの表情を浮かべているではないか。

「あー、結《ゆい》はミートパイはいらないからー。太るとヤバいべ？」

豚さんが耐え切れないとばかりに、ブヒーと鼻息を漏《も》らした。

「うーん、もう少し塩気があったほうが好みかしらね」

紫《ゆかり》さんが食卓塩に手を伸ばした。するとまたブヒーと切《せつ》ない鳴き声をあげる。

「やーねー豚ちゃんってば、ほんとドMよねー」

ラブちゃんがサラダのレタスをフォークでつつきながら言う。

「ひょっとして、アレって興奮してるんすか」

「そーよー。便利な体よねーなんにでも興奮できちゃってぇ。あたしなんか、16歳から25歳までのイケメンにしか興奮できないんだから、守備範囲ミニミニよー」

なぜラブちゃんまで、ちゃっかり参加しているのか理解に苦しむが、総勢6人の夕食はかなり騒がしい。この家の中に、こんなにもたくさんの人間が存在しているのはきっと初めてのことだ。

殺風景だったリビングルームも、観葉植物に、紫さんがモデルだという額縁入りの日本画、ハート形のクッションに、アロマキャンドルと、今までなかったものが溢《あふ》れ、生活感に満たされている。昨日までの殺風景な部屋に比べれば、温かみや家庭らしさは段違いなのだが、なんとなく居心地が悪いのは、俺が『家族』というものに慣れていないせいだろうか。みな楽しそうに談笑をしているが、この場で黙りこくっているのは俺だけだ。俺と同じく血など繋《つな》がっていないはずのラブちゃんや豚さんのほうが、よっぽどこの場に馴染《なじ》み、家族らしく見える。

……ひょっとして俺だけがノーマルのせいかもしれない。そうだ、きっとそうだ。

　俺は、寂しさを紛《まぎ》らわすように、サンドイッチを口へと詰め込んでコーラで流し込んだ。

　30分もすると、宴会はかなり無礼講《ぶれいこう》の様相《ようそう》を呈《てい》し始めた。

　結《ゆい》はぐつぐつと煮立ったブイヤベースを、豚さんの口に無理やり運び、豚さんは「あぶっあぶっ」と、ギリギリ豚としてのプライドを保った叫び声をあげている。

「さぁてと、宴もたけなわだし、そろそろ歌っちゃおうかしら」

　ラブちゃんは、やおら立ち上がると、北條《ほうじょう》ナナの歌真似《まね》をし始めた。顔はまったく似ていないが……口元の表情やしぐさが特徴を摑《つか》んでいて、思わず笑ってしまう。両手を叩《たた》き合わせて手拍子を取っていると、楓《かえで》ちゃんが甘えるようにもたれかかってきた。

「ねぇ、哲太《てった》お兄ちゃん、正直いって、楓のこと、どう思いますか」

「どう思いますかって言われても……どういう意味で」

「どういう意味でもいいです」

　禅問答か。俺は一番無難な答えを探す。

「うーむ。大切な家族だと」

「とってつけたような優等生的な解答ですね。もっと捻《ひね》った答えをお願いします」

「可愛《かわい》い妹だと」

「それだけですか……では、質問を変えます。昨日、楓の裸を見ましたよね。どうでした？」

思わずコーラを口から噴射させてしまった。

「どうって……いや、あの」

「こら、楓《かえで》、哲太《てった》さんを困らせるのはやめなさい」

俺の困惑ぶりを見かねたのか、紫《ゆかり》さんがビシリと楓ちゃんを窘《たしな》めた。

すると、部屋の空気全体が引き締まる。といっても、ぎすぎすとした窮屈《きゅうくつ》な空気に変わったわけではない。むしろ、冬の晴天の朝のような清潔感のある身の締まる心地良さだ。

これが紫さんが伝説の女王様と呼ばれる所以《ゆえん》か。

俺は感心して、豚さんの頭を撫《な》でている紫さんの姿を窺《うかが》う。

ああ。羨《うらや》ましい。俺もああやって撫でられてみたい。

豚さんに嫉妬《しっと》混じりの羨ましさを思えてため息をついたところで、慌てて正気に戻る。

おい、俺、今何を考えた。撫でられたいってなんだソレ。

スクールのＳ、モラトリアムのＭ。

　そろそろ梅雨の時期も迫ってきているというのに、今日も雲ひとつない青空が広がっている。気温もぐんぐんと鰻昇《うなぎのぼ》りでまるで真夏の様相だ。俺は長袖《ながそで》のワイシャツの袖を捲《まく》り上げると、さりげなく斜め右前方に座っている桜井《さくらい》さんの横顔を盗み見た。

　少し眠そうな大きな瞳《ひとみ》。口角《こうかく》の上がったつやつやとした唇《くちびる》。染めてもいなければ傷《いた》んでもいない、キューティクルばりばりのバージンヘアー。薄桃色の頰《ほお》。

　同じ生き物なのに、何故《なぜ》こうも可愛《かわい》らしいのだろうか。顔だけではない。ふっくらとした頰も、細い指の関節も、両膝《りょうひざ》をつけてハの字形に開いたふくらはぎも、そのすべてが愛らしいのはどういうことだ。胸が締め付けられるように切《せつ》なさを覚える。やっぱり女の子は、こうじゃないとな。ＳＭだとかはまっぴらだ。俺はあくまでもノーマルが好きなんだ。

　そんな俺の胸のうちなどつゆ知らず、桜井さんは、両手を机の上に上げて、文庫本に熱心に見入っている。俺は本の題名を解読しようと必死に目を細めた。

『Ｏ嬢の物語』

　と見えた。ゼロ嬢？　それとも、雑誌の芸能界暴露《ばくろ》によくあるイニシャルトークか。岡田《おかだ》さんとか大野《おおの》さんとか。どちらにしても、変なタイトル。いったいどんな本なのだろう。おおよそ文学的なものとは縁遠い俺には、さっぱり見当がつかない。

俯《うつむ》いていると顔に掛かる髪の毛が邪魔なのか、桜井《さくらい》さんは横髪をかき上げると耳に掛けた。淡雪のように白い耳朶《みみたぶ》が剝《む》き出しになった。俺はその美しさにうっとりと見とれ、恍惚《こうこつ》に浸る。

「はーい。おはよーございまーす。皆さん、今日も元気ですかー」

一限目は現代国語だ。教室前方のドアから、夏《なつ》ちゃんが入ってきた。今日は、清々《すがすが》しい紺色のスーツに首元に共布のリボンの付いた白いシャツで、無造作に髪を結わえている。相変わらずの清楚《せいそ》ルック。

背中にこつん、と何かが当たった。消しゴムの欠片《かけら》だ。振り返ると俺の右斜め後ろに座っている多賀雄《たかお》が口をパクパクして俺に何かを伝えようとしている。

うん？　えっと、ク、ロ、パ、ン……ッ？

バカか。俺は思いっきり侮蔑《ぶべつ》の表情を浮かべると、再び前へと向き直った。

「さぁて、では今日の授業は、皆さんのお勧めの本を紹介してもらいます。事前にお願いしていた通り、お気に入りの本、持ってきたよねー。机の上に出してくださいねー」

俺は、昨晩のうちに紫《ゆかり》さんに見繕《みつくろ》っておいてもらった本を鞄《かばん》から取り出した。

なんせ、漫画と雑誌以外はまったく読まない俺である。それでいて、桜井さんは文芸部。万が一——というかうちのクラスは38人編成なので、正しくは38分の1だが——俺が夏ちゃんに当てられた場合、一応恥ずかしくないように名作の文学の本を貸してくれと頼んでおいたのだ。今朝出がけに渡されたので、中身は読んでおらず内容はわからないが、どうやら恋愛ありーの未来人が登場しーのな動物感動モノらしい。なんともテンコ盛りだ。

「読んでる本で、その人の趣向や性格がわかりますよねー。では、これから先生が教室を一周しますー。それで、当てる人を決めますねー」

夏ちゃんは、教室の端から回り始めた。

紫さんの選んでくれた本は、かなり古ぼけており、なんと箱に入っている。箱に入った本など辞書以外に見たことのない俺は、圧倒されながら表面に書かれたイラストを見て、さらに驚いた。

「うおっ」

「大城《おうじょう》くん、どうかしましたかー?」

「いえ、なんでもないです」

箱に描かれているのは、太ももまである黒いブーツを身につけた裸の女性だった。

「なんでもないならいいですが、授業中に奇声を発するのはやめてくださいねー」

「すみませんです」

美術の教科書にだって裸の女性の絵は出てくる。芸術の場面なので、裸が全部いやらしいこととは限らないのだろう。俺は勝手に納得しながらも、隣の女子の視線を気にし、こそっと箱を外《はず》すと、机の中へと仕舞《しま》い込んだ。

本自体の表紙は紅色がかった赤で、薄いセロファンのようなものが掛かっている。中心部には、やはり裸の女が小さく描かれているが、黒一色のため、それほど目立たない。いったいどんな本なのだろうか。ページを捲《めく》ろうと思ったそのとき。

「ちょっとキミ、写真集は、今回の趣旨とちょっと違うのよー」

夏《なつ》ちゃんの困った声が教室に響く。

「えーでも、これ、すげー名作っすよ。この『サディスティック77』は、北条《ほうじょう》ナナちゃんが今までにない露出《ろしゅつ》、まさかのSMに挑戦した金字塔的作品なんすから」

「現代国語とアイドルのグラビアとはあまり接点がないかと思うんだけど」

「でも、この黒いパンティーのショットなんて文学的に超セクシーじゃないっすか」

セクハラトークを繰り広げる多賀雄《たかお》に俺は呆《あき》れながらも感服する。夏ちゃんは黒パンティーうんぬんと当てこすりを言われていることにも気づかず、困り顔だ。

「ちなみに、今日の先生のパンティーは何色ですか」

さすがに調子に乗りすぎだろ、と俺をはじめとするクラスの全員が思ったであろうそのとき、夏ちゃんは、多賀雄の脳天を手に持った出席簿の角《かど》で思い切り打ち付けた。

「はい、次、いきまーす。ふざけてると愛の鞭《むち》よー」

頭を抱えてうずくまっている多賀雄など気にする様子もなく、夏ちゃんはさっさと歩を進める。自業自得だ。

それにしても現代国語の授業で、お気に入りの本を1冊を持ってくるようにと言われていたにも拘《かか》わらず、クラスの半数近くがいわゆる『本』を持ってきていないというのはどういうことだろうか。

一番好きなのはケータイ小説だからと、携帯電話を机に置いているヤツはまだ十分まとも、漫画もこの際、しょうがないだろう。

多賀雄の写真集をはじめ、時刻表に辞書に図鑑。何を思ったかスーパーのチラシを持ってきている奴《やつ》もいる。1人2人ならウケ狙《ねら》いも成功するが、10人を過ぎたあたりから夏ちゃんの顔がどんどんと強張《こわば》っていった。

「みんなあんまり本とか読まないのかなぁ。わたしの企画倒れでしたか」

夏ちゃんは明らかに落胆した様子で、俺の隣へと回ってきた。ふんわりとフローラル系のコロンの匂《にお》いが香る。夏ちゃんはしかめっ面のまま、ふと俺の机を覗《のぞ》き込むと、驚きの声を上げた。

「……これは戦後最大の奇書と呼ばれる『家畜人ヤプー』！　大城《おうじょう》くんのなの？」

「あ、うー」

俺は是《ぜ》とも非《ひ》とも取れる曖昧《あいまい》な返答を返す。

「しかも、赤い表紙……1970年に出版された都市出版社版の初版だわ。あなた、これを持ってるだなんて、ただモノじゃないわね」

「へー、すげーな。哲太《てった》」

「文学青年だったんだ。意外だけどちょっとカッコいいかもー」

「ヤプーって漫画になってたヤツだよね？」

「よっ！　隠れインテリ！」

夏《なつ》ちゃんの興奮は、瞬《また》く間にクラス中に伝わり、クラスメートらが口々に俺についての感想を述べはじめる。俺は、皆の視線を一身に集め、どうしていいのかわからずに下を向く。

注目されることに慣れておらず、どうにも腰の座りが悪い俺の横で、夏ちゃんは頰《ほお》を上気させ、『家畜人ヤプー』を両手で捧げ持ちながら、悩ましげにため息をついた。

「うーん、なぜこの本を選んで持ってきたか聞きたいところだけど、ちょっと高校の授業で取り扱うにはナイーブな題材ね……」

気になる言葉を残して前の席へと移っていった。

ようやく皆の視線が逸《そ》れ、俺は安堵《あんど》のため息をついた。そして夏ちゃんの言っていたナイーブとはどういうことだろうと、紫《ゆかり》さんの本のページを捲《めく》り、読み進める。進めた。進めたが……なんだコレは。

「……コレはいったい」

中に描かれていたのはめくるめく変態的な世界だった。これに比べれば北條《ほうじょう》ナナの写真集なんぞはコドモ騙《だま》しじゃないか。

文学とは、けっこうエロなものなのか。俺にはまったく理解できん。

現国の授業が終わった直後に、その事件は起きた。

「大城《おうじょう》くんって、本とか詳しいんだ」

顔を上げるとそこにいたのは、桜井《さくらい》さんだった。

「俺っ？」

みっともないことに声が裏返ってしまった。

桜井さんはくすり、と笑う。見るからに柔らかそうな唇《くちびる》から小さな八重歯《やえば》が覗《のぞ》いた。

「大城くんはクラスにひとりだけだよ」

川のせせらぎのように耳に心地良いゆっくりした口調。

「ああ、ああ、ああ、そうだよね」

何言ってんだ俺。しかし、近くで見る桜井さんの可愛《かわい》さに完全に脳みそはオーバーヒート。

俺は、ただただ相槌《あいづち》を打つことしかできない。

「さっき、沼正三《ぬましょうぞう》の本、持ってたでしょ。しかも初版。わたしね、いま、澁澤龍彦《しぶさわたつひこ》にハマってるの。知ってるよね。マルキ・ド・サドの『悪徳の栄え』を翻訳した人。それで、澁澤が『ヤプー』を絶賛したっていう話を聞いて、ずっと読んでみたいと思ってたんだ」

渋さはたつ日？　悪徳の坂へ？　桜井さんが何を言っているのか、半分もわからないが、俺に言えることはただひとつ。

「……じゃあ、貸してあげようか」

「え！　いいのっ？」

「もちろん」

「うわー、すごく嬉《うれ》しいな」

桜井《さくらい》さんは顎《あご》の下で手を組んで体をきゅっとすくめる。薄桃色の桜貝のような爪《つめ》が目に入った。

「ねーねー、大城《おうじょう》くんって他《ほか》にはどんな本読むの？」

「え、俺？　えっと」

なんせ本など読まないのだから、答えようがない。答えにつまっていると、教室のドアが開《あ》いた。

白百合《しらゆり》だった。

授業と授業の合間の10分休みにもいちいち顔を出すとは、なんたる粘着。しかし、白百合のおかげで、ボロが出ずに済んだのも事実。

「あ、桜井に用事じゃないのかな」

俺は出入り口を指差して言った。白百合は、桜井さんを見据えて手招きをしている。

「そうみたいだね」

俺が言うと、桜井さんは名残《なごり》惜しそうな表情で、俺の手から『家畜人ヤプー』を受け取る。

「ひとみ、早くこっちへ来なさい」

白百合は珍しいことに、ちょっと取り乱している様子だ。

そんなに桜井さんが他の人間と話をしているのが嫌なのだろうか。でも桜井さんから話しかけてきたわけだし。こんなチャンスは今を逃がすと二度とないかもしれない。

そうだ、勇気を出せ、俺。

「……もしも、こういう本に興味があったら、うちに来る？　うち、結構いろいろ揃《そろ》ってるから」

うおーっ、言っちゃった。誘っちゃった。多分断られるだろうけど、それでも、俺は俺を褒《ほ》めてあげたい。

「ええっ、いいの？　それってすごく嬉しいな」

俺は耳を疑った。

白百合に対する反発に背中を押されて、思い切って誘ってみたのだが嬉しいってことは。

「マママママッ、マジで？」

「うん、いつにしようか」

「ちょちょっ、ちょっと待ってくれるかな」

俺は自分の頬《ほお》を思いっきり叩《たた》いた。痛い。夢じゃない。

「ヤダ、大城くんってば、どうしちゃったの」

「いや、なんでもない……それじゃあ、今週の土曜日とかどうかな」

「うん、土曜日ね。すごく楽しみだな」

ちらりと目をやると、白百合《しらゆり》は俺たちの会話が聞こえているのかいないのか、ますます不機嫌なご様子だ。

ヤべぇ、怖い。怖いが、怒ったときの紫《ゆかり》さんに比べれば、それほど怖くないような気もする。

「じゃあ、呼ばれてるから、とりあえず、またね」

桜井《さくらい》さんは舌をぺろっと出して、そう言い残すと、小走りで白百合のもとへ向かっていった。

「進展ではありませんかー」

舞《まい》がすすす、と足音も立てずにやってきた。今日も首から愛機の一眼レフカメラを提《さ》げている。

「なんだか、すげー高尚なレベルで話が合っちゃって、俺、置いてけぼり系？」

舞に続いてやってきた多賀雄《たかお》がつまらなさげに口を尖《とが》らせた。

「なんだよ、お前ら、聞き耳立ててたのかよ」

俺はうっとりと頬杖《ほおづえ》をつき、半《なか》ば夢心地で桜井さんとの会話を反芻《はんすう》して楽しむ。ああ、桜井さん。なんて可愛《かわい》いんだろう。趣味は読書だなんて、やっぱり俺の想像通りの清純派。外見だけでなく内面までばっちり俺好みだなんて、もう、ノンストップ恋心だ。

「土曜日でありますか。生憎《あいにく》その日は、別件の取材がありまして。うーむ。正直、桜井ひとみは興味深い対象でもありますし……なんとかがんばって掛け持ちしてでも顔を出す次第であります」

「俺はばっちり暇《ひま》。うーんそうだな、昼飯はオムライスがいいな」

「おおっ、半熟卵のオムライスは舞の大好物であります」

「俺は中身はチキンライスよりもソーセージのが庶民的で好き」

「ピーマンは苦いので、なしを希望するであります」

「何なに、舞ちゃんってピーマン食べれないの？　お子様ーっ」

「あんな中身のない食べ物は詐欺《さぎ》なのでありますーっ」

「俺はピーマンくらい食べれるぜー。大人だからねーっ」

「うぬぬぬっ」

　脳内で桜井さんとの会話を延々リピートしている俺を置いてけぼりにして、舞と多賀雄は妙に盛り上がっている。って、おい、ちょっと待て。いったいなんの話だ。

「大城《おうじょう》クンのお姉さんと妹さんも取材したいと思っていたところですし、願ったり叶《かな》ったりの機会とはまさにこのこと」

「つうか俺、まだ噂《うわさ》の妹、見てねーんだよ。楽しみだなぁ」

「お前らは呼んでねーからな」

業《ごう》を煮《に》やした俺が突っ込むとふたりは途端に機嫌を悪くした。

「うぬー、大城《おうじょう》クンはケチであります」

「家族に紹介できないって、俺ってそんなに恥ずかしい男なワケ」

なんなんだよ、ウザいこと極《きわ》まりないこのタッグは。

「とにかくダメだと言ったらダメ。うちには招かねぇからな」

俺が断言すると、ふたりはブーイング攻撃を食らわせてきたが、今の俺はそんなものには負けない。

「かくなる上は、ゲリラ戦でありますか」

「俺は正面突破するからなー」

まだ何か騒いでいるふたりをよそに俺は椅子《いす》に座り込むと、しみじみ幸せを噛《か》み締めた。土曜日、桜井《さくらい》さんがうちに来る。うひょーいっ。

嫉妬《しっと》するＳ、無頓着なＭ。

「ただいまー」

家に帰ると、割烹着《かっぽうぎ》姿の紫《ゆかり》さんが台所で火にかけた大鍋をかき回していた。料理は豚さんの仕事だと思っていたので少し驚く。割烹着の下の着物は地味な茄子紺色《なすこんいろ》。けれど、抑えた色香が漂《ただよ》っている。これを昔の人は粋《いき》と呼んだのかもしれないと俺はふと思う。

俺に気がついた紫さんは振り返るとにっこりと笑《え》みを浮かべて言った。

「哲太《てった》さん、お帰りなさいませ」

「もう晩飯の準備っすか。早いっすね。大鍋ということは晩飯はおでんか、それともカレーとかシチューとか」

「いえいえ、これは晩御飯ではなく、あの、お道具でして」

「あの、意味がわかんないんですが、なぜ道具を煮る……ああ、ドーグじゃなくってトーフか。ってずいぶん大量の湯豆腐ですね」

確かに料理をしているなら肉なり野菜なりが煮える匂《にお》いがしてもいいものだが、台所は換気扇が回っているとはいえ、ほぼ無臭だ。俺は、嫌な予感を覚えながらも、鍋の中を覗《のぞ》き込んだ。

「これは…………縄？」

予想通りというか、予想よりはマシだったというか。

「ええ、縄です」

「え、縄っていったい」

「麻縄ですわ」

「ちょっ、な、なんでそんなもの煮てるんっすか」

「あらあら、もちろん未使用ですから気になさらずに」

「そういう問題じゃないっすから。いったい何に使うんすか、それ」

「ヤダわぁ、哲太《てった》さんってば、そんなこと言わせないでくださいよ」

紫《ゆかり》さんはふふふと笑いながら、菜箸《さいばし》で鍋をかき回す。

驚きはしたが、正直、ここ数日の激動サプライズっぷりに、俺は以前ほどには物事に動じなくなっている。これを成長と呼ぶのか鈍化というのかはわからない。

「卸《おろ》したての麻縄は、こうやって煮て、なめさないと肌に馴染《なじ》まないんですよ。そうして乾燥させて、毛羽《けば》立ちを焼き取ってから馬油《ばあゆ》を塗り込めると、しなやかで肌馴染みのいい縄になるんですのよ」

紫さんはまるで娘に料理のコツを教える母親のごとく、俺に縄のなめし方をレクチャーし始めた。これからの人生で到底役に立つとは思えない知識だが、あまりに熱心な紫さんの様子に、話を遮《さえぎ》るのも悪い気がして、俺は口をつぐんだまま静かに聞き入る。

普段はわりと無口な紫さんだが、やはり好きなことに関して話すのは楽しいようだ。頬《ほお》を上気させ、毛羽を取る作業がいかに大切かを熱く語っている。

可愛《かわい》いな。

一生懸命な様子の紫さんを見て俺は素直に思った。ＳＭ用の縄を煮る、20歳以上も年上の女の人に向かって思うことではないかもしれないが、俺の心がそう感じたのだから仕方がない。

「馬油じゃなくても、たとえば、サラダ油やオリーブオイルでも問題はないんですけどね、でも馬油がいいんです。個人的には、椿油《つばきあぶら》も悪くないと思ってるんですけどね。本当に肌触りが滑《なめ》らかでいいんですよ。もしよろしければ、試してみます？」

「試してみるって……俺が縛られるということっすか」

「ええ。わたくしの緊縛《きんばく》は、ストレス解消はもちろんのこと、肩こりや鬱《うつ》なんかにも効くって有名なんですよ。サービスのＳ、マンゾクのＭともいいますし」

紫さんってひょっとして天然入ってるのか。なんと答えればいいか口ごもっていると、

「ママ、それはまずいっしょ、親子でＳＭとか、キモいっつーの」

リビングルームから、のんびりした突っ込みの声が入った。

結《ゆい》だった。ソファーで寝ていたようで、上半身を起こすと、タンクトップの腋《わき》が丸出しになるのを恥じる様子もなく両手を天に突き上げて大口を開《あ》けて欠伸《あくび》をした。自分は弟を裸にひん剝《む》いて恥ずかしい格好をさせようとしたくせに。俺は突っ込みたい気持ちを、紫さんの前ということで、なんとか抑える。

「ふわー、よく寝たぁ。喉《のど》渇いたけど、なんかジュースあったっけ？」

寝癖《ねぐせ》のついた髪をぽりぽりと掻《か》きながら、立ち上がるとキッチンへと入ってきた。

「どう、哲太《てった》、楓《かえで》は学校で上手《うま》くやってる？」

「上手くやってるんじゃないっすか。学年が違うと校舎も違うんで、よくはわかんないっすけど」

「えー。アンタ、ちゃんと気にしてやってよ」

寝起きのせいか、結《ゆい》は機嫌があまり麗《うるわ》しくないようで、忌々《いまいま》しげに顔を歪《ゆが》めて苛立《いらだ》たしげな様子だ。

「楓ちゃんだって、子供じゃないんだから、大丈夫ですよ」

「何言ってんのよ、アンタ。あの子の特殊な事情、知ってるでしょ。だから、守ってってお願いしてあるでしょうが」

結ってやっぱり過保護だよな。俺はため息をついて続ける。

「そんなことを言われても、俺には俺の学校生活があるわけで」

ピクリ。縄を煮る紫《ゆかり》さんの手が一瞬止まった気がしたが、俺は気にせずに続ける。

「だいたい、そんなに心配なら、自分が前みたいに、制服着て学校をうろついて楓ちゃんを監視すればいいいじゃないっすか……ってひょっとして、結が着てたあの制服って、楓ちゃんのじゃ」

「うはー、バレたか」

結はバツの悪い表情を浮かべてペロリと舌を出した。

「うはーじゃないっすよ。ただでさえ、楓ちゃんは目立つのに、ひとりだけセーラー服姿じゃ、さらに目立ちまくりじゃないですか。矛盾《むじゅん》してますよ。心配なら、なるべく目立たせないようにするべきでしょうが」

「目立つ目立たないは問題じゃないでしょ、アンタがちゃんと気にしててくれればいいわけなんだから」

「まずは、できる限りのことをして、俺が守る守らないは、その上での話でしょう」

「何よ、アンタは、楓を守る気がないってワケ？」

「守る気がないなんて言ってないですよ。でもまずは、楓ちゃん自身にも目立たないようにしてもらわないと」

「別に目立ったっていいじゃないのよー。自分が地味だからって嫉妬《しっと》しないの」

「なんすかソレ。地味なのはわかってますけど、嫉妬なんてしてないっすよ、俺は自分の身の程《ほど》を知ってて、あえて目立たないようにしてるんすから」

「うわー。なんか卑屈《ひくつ》ーっ」

「結たちが派手すぎっつーか、主張しすぎっていうか」

「なにー？　あたしのルックスにまたもやいちゃもんつける気なわけぇ？」

「いちゃもんって、そっちが先に喧嘩《けんか》売ってきたんじゃないっすか。俺はただ、平和な学校生活を乱さないで欲しいってだけですよ」

「じゃあ何？　あたしたちの存在はアンタにとってメーワクって言いたいわけ？」

「こら、結《ゆい》に哲太《てった》さんも、きょうだい喧嘩《げんか》はやめなさいっ」

紫《ゆかり》さんが間に入って諌《いさ》めた。

「あー寝起きから嫌な気分ー。バカ哲太のせいで、超〜やーなきーぶんー。もういいわ。今まで、私たちだって、３人で不自由なく暮らしてきたわけだから、アンタになんて頼るのや〜め〜た」

「別にいいっすよ。俺だって頼んで家族になってもらったワケじゃないっすから」

「……やめなさいって言ってるのがわからないのっ」

ビシッという何かが弾《はじ》けるような、硬質な音が部屋の空気を引き裂《さ》いた。

俺と結は驚き、一瞬固まる。紫の右手には、乗馬鞭《むち》が握られていた。

「口で言ってもわからない子にはお仕置きが必要ねぇ……」

紫さんはぞくりと背筋を震えあがらせるサディスティックな笑《え》みを浮かべ、静かに呟《つぶや》きながら、着物の袂《たもと》から金属でできたソレを取り出した。

「ちょ、紫さん、何を」

「マ、ママごめんなさい、それだけは」

「今さら反省したって遅いのよ、覚悟をしっ！」

紫さんの指先で、ソレが光を反射してキラリと光った。

「うひ――――っ」

俺と結との悲鳴が二重奏で響いた。


我が家に桜井《さくらい》さんを迎えるにあたり、どうしても解決しないといけないことが2つほどある。

1つ目は、紫さんをはじめとする家族のこと。

俺は不覚にもだいぶ慣れつつあるが、フツーの家族と比べれば、かなり個性的であることは間違いない。桜井さんがこの家族の正体を知ったとして、どうだろうか。普通の女子高生であれば、おそらくはドン引き。無理だ。イタタタタ……。

楓ちゃんはいいとして、紫さんは、少々、抜けているところがあるからいつボロを出してもおかしくはない。結は自分の職業を隠す意識など、毛頭《もうとう》ないようだし、露出《ろしゅつ》趣味の豚さんに至っては、むしろ進んで桜井さんに軽蔑《けいべつ》の眼差《まなざ》しで見られたいくらいのものだろう。ラブちゃんにしても、見た目はただのむさくるしい三十男だが、話をすれば一発でオネエマンだともろわかり。イタタタタ……。

桜井さんが、紫さんとその愉快な仲間たちと遭遇する危険を避ける一番の方法は、バッティングさせないこと。願わくば紫結楓が出かけてはくれないだろうか。そうすれば豚さんもラブちゃんも、我が家に寄り付くことはない。イタタタタ……。

しかし、なんと言って家を追い出すか……女の子が来るから出かけてくれとはさすがに言いづらい。あきらかにスケベな目的を持っていると誤解されかねないし。都合良く出かけてはくれないものか。イタタタタ……。

「ううむ。イタタタタ……」

悩ましげなため息をついた俺を見て、楓《かえで》ちゃんが「ぷっ」と小さく噴《ふ》き出した。

「ママ、あの、面白すぎて、ご飯に集中できないんですが」

楓ちゃんがスプーンですくい上げたビーフシチューを再び皿へと戻した。

「ダメよ、お仕置きなんだから」

「むしろ、楓に対するお仕置きになってます」

楓ちゃんは俺と結《ゆい》の顔を見回すと、もう一度小さく噴き出した。

楓ちゃんが笑うのも無理はない。なんせ、俺と結の鼻の穴には、金属でできたフックががっつりと食い込んでいるのだ。しかもそのフックは、強力なゴムで頭の上に引っ張られたまま固定されている……いわゆる「鼻フック」をはめられた俺と結とは、お互いに顔を見合わせると、こらえきれずに笑い声をあげた。

「不細工すぎて、まじで顔面兵器だし！」

「結こそ、豚さんなんて目じゃないほど豚鼻じゃねーか」

「あなたたち、まだ反省が足りないみたいね……鼻フックでおとなしくならないようじゃ、こっちも必要かしら」

再びディスり合戦をはじめた俺たちを黙らせるために、紫《ゆかり》さんがテーブルの下から取り出したのは、ゴルフボール大のプラスチックのボールだ。細かい穴が開いていて、両端には革のベルトがついている。

「涎《よだれ》垂らしたら化粧落ちちゃうから、ボールギャグは嫌ーっ。ごめんなさい、仲良くしますからっ」

結《ゆい》が即座にヒヨった。

「ですよですよー。そんなのしたら、豚さんが作ってくれた美味《おい》しい美味しいビーフシチューが食べれないじゃないですかっ」

「ぶううう」

豚さんが誇らしげに鳴いた後、紫さんに擦り寄る。シチューを褒《ほ》められて喜んでいるのかと思ったが、どちらかといえばそのボールギャグとやらをして欲しいとオネダリしているようでもある。

「さぁ、取ってもいいわよ」

夕食を終えたところで、紫さんのお許しが出て、やっとのこと鼻フックから解放された。ほっとひと息つく。

「あー、もう最悪、顔に痕《あと》ついちゃってるし。戻らなくなったらどうしよう」

きょうだい喧嘩《げんか》の両成敗として、自《みずか》らも鼻フックで夕食の刑を科せられていた結は、情けなく眉《まゆ》をハの字に下げて鏡を見つめている。

「ぷぷぷぷぷ」

俺が思わず思い出し笑いをすると、結がきっとした顔で振り返り、頬《ほお》を膨《ふく》らませた。

「アンタだって鼻に痕がついてるんだから」

「だろうねー。だって結にがっつり痕がついてるくらいだから俺にもついてるよねー」

「アンタって結構いやな奴《やつ》ね」

結が顔をしかめる。

「あなた達《たち》、また喧嘩してるんですか。反省が足りなければ、今度は……」

「け、喧嘩じゃないわよ、ただのちょっとしたじゃれ合いよ、ね、哲太《てつた》」

「そ、そうですよ。俺ら仲良しだもんな、結」

「あらあら、急に仲良くなっちゃって。鼻フックの威力はすごいわねぇ」

紫さんは俺と結の様子を細目で窺《うかが》いながら、穏やかな笑《え》みを浮かべた。

「ぶひっぷひいっ」

豚さんが皮をむいた桃を運んできた。

「さぁて、ではデザートを食べましょうか」

「わあい。ピーチ！　楓《かえで》の大好物ー」

楓ちゃんが明るい声ではしゃぐ。リビングのソファーでの団欒《だんらん》が始まったのをきっかけに、俺は思い切って切り出した。

「ところで、皆さん土曜日はどっか出かける予定とかあったりするわけですか」

「結《ゆい》は今週の土曜日はぶくろー」

「池袋《いけぶくろ》で何を」

「同人誌ショップでサイン会なんだよねー」

ギャルのくせにオタクっぽい週末の過ごし方だ。しかし、これで結は消えた。自動的にラブちゃんも消去。次は楓ちゃんに訊《き》く。

「楓ちゃんは？」

「楓はですね、新しくできたお友達に、原宿《はらじゅく》ショッピングに誘われています」

おし。俺は心の中でガッツポーズをとりながら、フォークに刺した桃を豚さんへと分け与えている紫《ゆかり》さんに尋ねた。

「紫さんのご予定は？」

「うーん、豚さんがですね、久しぶりに滝に打たれたいと我儘《わがまま》を言うものですから、山のほうに行こうかと。せっかくだから滝壺《つぼ》に浸かるなんて悠長なプレイじゃなくって、滝の上から突き飛ばしてやるのもいいわよねぇ」

後半は俺にではなく、豚さんに向かって言っているような気がしないでもない。しかし、アレだ。案ずるより産むが易《やす》しとはこのことだ。俺の悩みのひとつはあっけなく解決してしまった。

となると、困難は残りひとつ。

桜井《さくらい》さんが家に遊びにくる目的、それは、俺ではない。本なのだ。しかし、俺の部屋には、あるのは漫画とアイドル写真集とエロ本のみ。そうなると、桜井さんが求めているようなブンガク本など、１冊たりともない。

「紫さん、お願いがあるんすけど」

「わたくしで力になれることでしたら」

紫さんは、フォークを皿に置くと笑顔で言う。

「ええとですね、本を貸して欲しいんです」

「本というと……あ！　ひょっとして、わたくしが貸した『家畜人ヤプー』、気に入っていただけました？」

「えーっと、まぁ、はい。それでですね、ああいうちょっとブンガクっぽいヤツというかですね、文芸部員が喜びそうな作品をですね、10冊20冊見繕《みつくろ》って欲しいなーなんて」

「あらあら、どうしましょう」

「あたしの漫画はどうよ?」

「いや、俺が求めてるのは小説的なもんなんで」

「何それ差別ー。どう違うか言ってみなさいよ」

「えぇっと、漫画は絵があって、小説は絵がないじゃないですか」

「はぁ? ひょっとして、哲太《てった》ってバカ? キモい上にバカ? それって、救いようがないじゃないのよ。お気の毒ー」

結《ゆい》の毒舌を聞き流していると、楓《かえで》ちゃんが、すたたた、と立ち上がったかと思うと、本を抱えて戻ってきた。

「これは楓のオススメです」

「へー楓ちゃんも本とか読むんだ」

「はい。本当は性同一性障害の人が主人公の本を薦めたいところなんですが、ずっと受容されてこなかったせいか、あんまりないんですよ。けれど、楓は女子だと考えた場合、同性愛なわけですから、同性愛について書いたものとしてとても有名な三島由紀夫《みしまゆきお》の『仮面の告白』をオススメします。あとは『禁色』も。女子同士だったら松浦理英子《まつうらりえこ》の『ナチュラル・ウーマン』がいいです」

「ああ、ありがとう」

「じゃあ、わたくしのほうでも見繕《みつくろ》っておきますね。後でお部屋へ届けます」

紫《ゆかり》さんがにこりと笑って言った。

楓ちゃんにしろ紫さんにしろ、まぁ、結にしろ、俺のためにこんなに一生懸命になってくれるのは家族だからだろうか。血も繋《つな》がっていないのに俺はとても大事にされている。

しかし、実の母さんは家族を捨てて出て行った。血を分けた実の子供を置いて。

家族っていったい、なんなんだろうな。

土曜日。朝から俺は、そわそわと落ち着かずにいた。歯を磨き、心を落ち着かせるためにコーラを飲み、コーラ臭《くさ》い息をさわやかなミント風味にするためにまた歯を磨き、一張羅《いっちょうら》の勝負服のＴシャツに歯磨き粉を垂らして真っ青になり、慌てて摘《つま》み洗いをして無事に落ちたと安心してドライヤーで乾かすと、忌々《いまいま》しくも再び浮き出てきた白い染みに落胆し途方にくれたところで、インターフォンが鳴った。

桜井《さくらい》さんと約束した1時まではまだ30分以上もある。ちょっと早くないか。俺は慌てて玄関へと走った。

果たして覗《のぞ》き穴の向こうに立っていたのは、ぴったりと上半身に張り付いた真っ黄色Ｔシャツに、ストールを巻き、腰骨丸出しのローライズデニムを身につけた……多賀雄《たかお》だった。

俺は居留守を使い部屋へと戻る。もう一度インターフォンが鳴った。

「哲太くーん、遊びましょーっ」

多賀雄《たかお》は近所迷惑を考えずにドアの向こうからバカでかい声で叫んだ。

「小学生か」

俺は呆《あき》れながらしぶしぶドアを開く。

「なんでお前、来てんだよ」

「そりゃあ、お前が心配だったからだよ。大丈夫、大丈夫、ひとしきり盛り上げたら、俺だけ退席するからさ、あとは若いおふたりでってね」

絶対に嘘《うそ》だ。中学生の頃《ころ》から長年の付き合いなのだ。多賀雄がそんな殊勝《しゅしょう》な人間ではないことくらい、おそらく世界で一番よく俺は知っている。

万が一でも俺と桜井《さくらい》さんがどうこうなって、自分よりも先にチェリーブレイクすることを危惧《きぐ》しているのが半分、残り半分は、案の定、

「美少女の妹ちゃんとエロ可愛《かわい》いお姉さんはー?」

やはり結《ゆい》と楓《かえで》ちゃんが目当てだったか。

迷惑顔の俺など目に入らない様子で、さっさと部屋へと上がりこむと、勝手にずかずかと奥のリビングへと進んでいく。

「結は池袋《いけぶくろ》、楓ちゃんは原宿《はらじゅく》に行きました。残念」

「マジで? なんでそういう意地悪するかなー」

ってお前が来るなんて想定外だし。そもそも誘ってねーし。

「あ、お前、わざと人払いしたな……このスケベ野郎。邪魔しにきて良かったぜ。危《あや》うく先を越されるところだった」

「バーカ、違《ち》げーよ」

「それにしても、お前んち、すげー片付いたな、ゴミ屋敷一歩手前って感じだったのに」

多賀雄は片付いた我が家に驚きを隠せずに、部屋の中をきょろきょろと見回している。

「そうか？」

「弁当の空容器にカビだのキノコだの生やしてたのに、観葉植物ってずいぶん出世じゃねーか。良かったよ。雰囲気も少し明るくなったしなぁ」

多賀雄は多賀雄で、ひょっとして俺のことを心配していてくれたのかもしれない。俺は胸が少し熱くなった。

「それにしても、絵なんか飾っちゃって、ちょっとやりすぎじゃね？」

キャビネットの上に飾られた絵を見て目を丸くした。

着物姿の女性を描いた美人画だ。振り向きざま、流し目を送る女性の、憂《うれ》いを帯びた横顔と、かすかに笑《え》みを浮かべた口元が欲情をそそる。

もちろんモデルは紫《ゆかり》さんだ。

それほど著名な作家の作ではないとのことだが、繊細《せんさい》な色遣いと柔らかなタッチが美しく、芸術などよくわからない俺が見ても秀逸に見える。

「あーそれ、紫《ゆかり》さん……父さんの再婚相手」

「ってことは、哲太《てつた》の母ちゃんってことかよ、すげー美人じゃん」

「そうかなあ」

もちろん俺自身も美人だと思っているが、身内を褒《ほ》めるのもどうかと思いわざととぼける。

俺もいやらしいなぁ。

「つうことは何？　お前は毎日、パパラッチ舞《まい》も認める超絶美少女転校生と、あのギャルっコなお姉さまと、この和服美人に囲まれて暮らしてるってことかよ。ありえなくね？　それは俺に対する裏切りだろ」

「いやいや、裏切りと言われても、親父《おやじ》が再婚したのは俺のせいじゃないし」

「俺んちなんてパンチパーマのオカンしかいないんだぞ。明らかに不公平だろうが」

「不公平っていったら、俺なんてお母さん自体が今までいなかったわけで」

「いや、母親とかそういうのはどうでもいいことなんだ！　お前、今穿《は》いてるそのパンツ、誰《だれ》が洗濯した？」

「……紫さんだけど」

「うおー。ありえねー。美人母に洗わせたパンツを穿いてるだなんて！　まさか、激カワ姉妹の下着を洗うのと同じ洗濯機だったりとか……」

「もちろん、俺専用の洗濯機とかはないので。っていうかまとめて一緒に洗ってるだろうし」

「うおー、まとめてだと？　許せねー。ひょっとして、妹ちゃんが舐《な》めたスプーンを使ったり、あのお姉さまの残り湯の風呂《ふろ》に入ったり……お前、そんなハーレムがどこにあるというんだ。お前さえこの家にいなければ、俺は今すぐに床から壁からソファーから舐めまくってるところだぞ」

「……お前、ちょっとヤバいぞ？」

しかし多賀雄《たかお》は鼻息も荒いまま、ごろんごろんとソファーの上で身悶《みもだ》えている。確かに俺だって、最初は思ったさ、ハーレムだと。

しかし、紫さんたちの正体を知ったらさらに驚くぞ、多賀雄クン？


1時5分前にインターフォンが鳴った。いかにも几帳面な桜井《さくらい》さんらしい。

玄関へバタバタとスリッパの音をさせて走り寄ると、ひとつ深呼吸して息を整えた。

「よし」

俺は決意を決めてドアを開《あ》けた。と、

「……なぜ」

そこにいたのは、ド派手なピンク色のパーカワンピースに白いブーツ、逆毛を立てて、顔の倍ほどのボリュームを持たせたポニーテール、そしていつもにまして厚い化粧を施《ほどこ》した結《ゆい》だった。

「ただいまー」

「結《ゆい》、池袋《いけぶくろ》に行ったんじゃ……」

「それがさー、あたし1週間勘違いしてたわけよー」

「でも、せっかく池袋に行ったんだったら、買い物でもしてくればよかったのに」

「それが急に編集から電話がかかってきて、締め切りを伝え間違ってたから、急ぎであげてくれって。もう嫌になっちゃう。命短し恋せよ乙女なのにさー」

結はブーツを脱ぎ捨てると、ずかずかとリビングへと向かい進む。ぷんと香水の匂《にお》いが廊下に充満する。

「おわっ。お姉さま〜、今日も眩《まぶ》しカワユイー」

結の姿を見つけた多賀雄《たかお》が鼻にかかった気持ちの悪い声を出した。結は気にする様子もなく、居間のソファーの上へと乗ると胡坐《あぐら》をかいた。

「っていうわけで、哲太《てった》、ちょい手伝ってよ」

「何をっすか」

「いつものアレよ」

「何言ってるんすか。無理っすよ。今、友達が来てるんすから」

「お姉さん、できることならば、俺がお手伝いいたしましょうか」

多賀雄が割って入ってきた。

「つーか、アンタ誰《だれ》？　さっきから必死にあたしのパンツを覗《のぞ》こうとしてるけど」

「ああ、お姉さん、やっと気がついてくれましたか。ええと、哲太くんの親友の香本《こうもと》多賀雄といいます。哲太くんをいつもお世話しております」

「哲太の親友？　ずいぶんと中途半端なギャル男ね。はじめまして」

結は、うさんくさげな顔つきで多賀雄を見ている。

「実は初めてじゃないんですよー。以前にも学校で一度お会いしておりますですー」

「全然覚えてないけど」

「あー、悲しいなぁー。そんなこと言わないでくださいよー」

「で、アンタが哲太の代わりに手伝うと」

「はいっ！　誠心誠意やらせていただきます！」

結の仕事を手伝うといえば、破廉恥《はれんち》な格好で屈辱的《くつじょくてき》なポーズを取らされる絵のモデルだろう。そんなことをされた日には、結がエロ漫画家だということがバレてしまう。俺は慌てて止めに入った。

「ダメ！　俺が許可しない」

「じゃあ、哲太、手伝ってよ」

「それはムリ」

「だから、自分が志願します！」

特攻体勢の多賀雄《たかお》の全身に、結《ゆい》は値踏みするかのように視線を這《は》わせた。

「うーん。アンタ、どこまでできる？」

「どこまで、とは」

多賀雄の目は期待交《ま》じりにらんらんと輝いている。

このふたりが結の部屋に閉じこもってくれるなら、それはそれでいいかとため息をついたそのとき、再びインターフォンが鳴った。

「条件交渉は部屋でしてもらって、とりあえずここを退去っ」

俺は慌てふためいて叫ぶ。

「なーんであたしが哲太《てった》に指示されないといけないわけー」

結が膨《ふく》れっ面《つら》を作った。どうやら臍《へそ》を曲げてしまったらしい。いや、でも無理。この危険人物と桜井《さくらい》さんを会わせるわけにはいかない。どんな爆弾発言が飛び出すかを考えただけでも、寿命が縮まるっつーの。

「お願いだから部屋へ行ってくれってば」

「哲太が邪魔モノ扱いするから行かなーい」

結はすっかり居座る気まんまんの様子。そこへ再び、急《せ》かすかのようにインターフォンが鳴った。もう知るか。俺は破れかぶれの気分で小走りで玄関へと向かうと、深呼吸をひとつしてドアを開《あ》けた。

「……いらっしゃいませ」

「やだ、お店じゃないんだから」

桜井さんはまさに穢《けが》れのない存在感でそこに立っていた。

初めて見る私服姿に俺の心臓はバクバクと脈打つ。

すとんとしたシルエットの紺色のワンピースに白いカーディガンを羽織り、足元は白いフラットシューズ。絹糸のようなバージンヘアーがさらりと揺れる。まさに俺の求めているすべて。俺の女のコへの希望とか夢とかをそのまま具現化《ぐげんか》した清純さだ。

こんな古ぼけたマンションの廊下が、爽《さわ》やかな風の吹く草原に、多賀雄の履《は》きつぶしたスニーカーと結のぱっぱらぱーとしか思えない白いブーツの置かれた玄関が、人も疎《まば》らな早春の海岸に……と、一瞬錯覚を覚え俺はくらくらとした。

「これ、お土産《みやげ》。パウンドケーキ。わたしが作ったやつなの」

うはあ、手作りとは。

なんて女の子らしいんだろうか。俺の夢のひとつでもある手作りケーキを、まさか、桜井さんからもらえる日がくるとは。俺は感動に打ち震えながら紙袋を受け取った。鼻を掠《かす》めるバニラの甘ったるい匂《にお》いに、脳みそまでもが蕩《とろ》けそうだ。

「ま、ま、マジで？　これ、もらっていいの」

「そのために作ってきたんだもの」

「手作りってすごくねぇ」

「味は保証できないけど」

たとえ塩と砂糖を間違えていても俺は完食できる自信がある。つうかする。

「と、とりあえず上がって」

スリッパを指差すと桜井《さくらい》さんはにこりと笑《え》みを浮かべて玄関へと上がった。淡い桃色のペディキュアを塗った生足のつま先に、思わず目が釘付《くぎづ》けになる。

リビングルームへと案内すると、桜井さんが驚いた声をあげた。

「あれー、なんだか賑《にぎ》やかだねー」

「なにアンタ、あたしたちがいない間に、女を連れ込むつもりだったワケだ」

結《ゆい》が、桜井さんの姿を認め、にやにやとした笑みを浮かべて言った。

「ごめんね、桜井さん、これは気にしなくていいから」

「これとは何よ。失礼ねー、姉に向かって」

「大城《おうじょう》くんのお姉さまですか。はじめまして。同じクラスの桜井ひとみといいます」

おお。やっぱりこないだ結が教室を訪れたときの騒ぎには気がついていなかったらしい。助かった。

「おっす、ひとみちゃんー、俺も来ちゃったよー」

適応能力と順応性が異常に高い多賀雄《たかお》は、ソファーにふんぞり返り、まるで自分の家のようにくつろいでいる。

「えっと……あれっ」

桜井さんは困った顔つきで戸惑《とまど》ったように首を傾《かし》げた。

「ええっ、まさか俺のこと、わかんないとか？」

「ごめんなさい、わたし、あんまり記憶力が良くなくって」

「同じクラスの香本《こうもと》多賀雄だよー。ひどいなぁ」

「ええっ、同じクラス？」

忘れられているにもほどがある。俺は呆《あき》れて笑いながら、桜井さんを多賀雄の向かいに座らせると、お茶を入れるためにキッチンへと向かった。

「そういえば、大城くんって、うちの学校の１年生に妹さんもいるんだよね。今日はお留守？」

「そんなこと、なんで知ってんの？」

キッチンカウンターで、やかんに湯を注ぎ、紅茶を入れる準備をしながら桜井さんに向かって聞きなおした。舞《まい》ならまだしも、クラスにろくに友達のいる様子もない桜井さんがそんな情報を知っているのは意外だ。

「白百合《しらゆり》先輩が言ってたの。すごく可愛《かわい》い子が転入してきたって。それがどうやら、わたしと同じクラスのコの妹さんらしいって」

リリーSめ。余計なことを言いやがって。もとより好感を持っていないことも手伝い、忌々《いまいま》しさが増した。

「白百合《しらゆり》先輩は哲太《てつた》の妹も狙《ねら》ってるのかもなー」

多賀雄《たかお》が興味津々という様子で身を乗り出した。

「何なに、狙ってるってどういうこと？」

結《ゆい》もそれに乗じる。

「ちょっ、そのふたり、黙るっ」

俺は慌てて諌《いさ》めながら、ティーカップに注いだ紅茶と人数分に切り分けた桜井《さくらい》さんお手製のパウンドケーキをリビングへと運び、多賀雄の隣に腰を降ろした。

「ねーねー、白百合先輩ってどんなん？　最近、ひとみちゃん仲いいみたいじゃん」

多賀雄は、さっそくキラキラと目を輝かせて桜井さんと白百合との関係を聞きだそうとしている。なんだこの情熱。しかも、俺のため、というよりは明らかに自分のためだよな。でもまぁ、まさかないとは思うが、舞《まい》にああいうことを言われた以上、どのくらいの仲の良さなのかは俺も気になるところだけど。

「うん、本当は今日も誘われてたんだけど、断っちゃった」

「ええっ、マジで？」

俺と多賀雄はどちらともなしに顔を見合わせた。

「だって、泊まりでっていうから。うちの両親厳しくて、人のお家に泊まることを許してもらえないの」

桜井さんのご両親、ナイス。放任主義だったらこんなにも可憐《かれん》な娘がやすやすと白百合の魔の手にかかっているところでしたよ。

「うわー、これ。旨《うま》いじゃん。どこで買ってきたわけ？」

パウンドケーキに手を伸ばした結が素っ頓狂《とんきょう》な声をあげた。

「どこのも何も、手作りですってば。それに野生児じゃないんだから、フォークくらい使ってくださいよ」

「いいのよ、あたしの今年の夏のテーマは豹《ひょう》柄のワンピとか着てワイルド＆セクシーにするつもりなんだから。って、なんかアンタ、今日は偉そうねー、さては友達の前だから格好つけてるね」

「お願いっすからお姉さん、そういう俺のプライドを辱《はずかし》めるようなことは言わないでください」

「お姉さんって呼ぶなって言ってるでしょうがっ」

結が顔を赤くして俺を拳《こぶし》で叩《たた》いた。

「痛《いて》っ。暴力反対――」

俺が結に、常々心から伝えたいと思っていたスローガンを叫びあげると、

「先に言葉の暴力を振りかざしたのは哲太《てつた》でしょー」

と結《ゆい》が歯向かう。

「おふたりとも、すごく仲のいいきょうだいですねー」

桜井《さくらい》さんが感心したように言った。

「ええっ、どこが」

「はぁ？　どこが」

腹立たしいことに声を合わせてしまった。これでは桜井さんの言う通り、まるで仲のいいきょうだいのようではないか。

「なんかこう、空気が馴染《なじ》んでるっていうか……わたしは一人っ子で、ずっとお姉ちゃんが欲しかったからうらやましいな」

「白百合《しらゆり》オネエサマは？」

多賀雄《たかお》がすかさず突っ込んだ。まじで懲《こ》りないヤツ。

「うーん、そうね。確かにお姉ちゃんみたいなものかなぁ」

「さすがはリリーS」

「こら、多賀雄、黙れ」

俺が睨《にら》みつけると、ようやく首を竦《すく》めて黙った。

「うわぁ、この紅茶、美味《おい》しいねえ」

桜井さんがカップに口をつけると、ため息混じりに漏《も》らした。

紫《ゆかり》さんの買ってきた紅茶をこっそり拝借させてもらったのだが、たしかに、今まで嗅《か》いだことのない芳《こう》ばしい匂《にお》いが立ち昇っている。

「ケーキも旨《うま》いよ。すげーよな桜井、こんなのさくっと作れるなんてさ」

桜井さんの手作りパウンドケーキは中にナッツが入っていて、甘さの中にほろ苦さがあり、なかなかの味だ。まぁ、実際、味なんて関係なくなんでも旨いんだけど。

「そんなことないわよ。本当は人に食べさせるのは恥ずかしいくらいなんだけど、どうしても大城《おうじょう》くんに食べてもらいたくって」

桜井さんはスカートの裾《すそ》をちょこんと摘《つま》んで、指先でもてあそびながら、いじらしい様子で言った。

おわっ。今、なんて言いました？　おうじょうくんにたべてもらいたくってと聞こえた気が。ヤバい。かなりヤバい。これはひょっとして脈ありなんではないだろうか。俺の心臓はびくりと跳ね上がった。

「うはぁ、何このコ。ちょい発言があざとい系」

小声で呟《つぶや》く結を、俺は鋭く睨《にら》みつける。

「俺はどうでもいいってことー。冷たいなぁ、ひとみちゃん」

多賀雄が割って入ってくる。

「そんなことないよ……えっと」

「香本多賀雄《こうもとたかお》です。ひとみちゃん、いい加減に覚えてよー」

「本当にごめんなさい、なんか忘れちゃうみたいで……でも、もう覚えたから」

「なんかこいつ、つい忘れちゃうのよねー」

結《ゆい》が口を挟む。

「そんなぁ、お姉さままで」

と多賀雄は半泣き。確かにそうだよな。桜井《さくらい》さんじゃなくても、クラスの女子にここまで覚えてもらえなかったら俺もきっと泣きそうになる。

「これ、カップも可愛《かわい》いね。哲太《てった》くんのお母さまの趣味？」

桜井さんがさくらんぼ柄のカップとソーサを見つめながら首を傾《かし》げた。

「可愛いモノを可愛いという自分が可愛いって思っているクチね」

結が可愛げのない注釈を入れる。俺は再び結を睨《にら》みつけるが、まるで気がつかないフリをしている。なんなんだ、いったい。俺は腹を立てながらも桜井さんの問いに答える。

「そう。でも最近再婚したばっかだから、俺とは血は繋《つな》がってないんだけどね」

「あ、そうなの、悪いこと聞いちゃったかな」

桜井さんは眉頭《まゆがしら》を寄せてやや俯《うつむ》く。

「いや、別に悪くはないよ」

と俺は首を横に振ったそのとき、玄関のノブが回るがちゃり、という音が響いた。

嫌な予感がぞわわわと背中を這《は》い上がる。

今度はいったい誰《だれ》だ。まさか……お願いだ、豚さんではありませんように！

頭の中で、鮫《さめ》がどんどん近づいてくるあの映画の効果音が爆音で鳴り響く。

とんとんとん、と廊下を進む軽快な足音が近づいてくる。

最後の砦《とりで》、廊下のドアが開かれた。うおーっ。

「ただいまー。あれれ、お客様ですかー」

部屋に響いたのは楓《かえで》ちゃんの素っ頓狂《とんきょう》な声だった。

「あれー、楓。あんたも帰ってきたんだ」

結がずずっと音を立てて紅茶を飲み干した。

「うお、これが噂《うわさ》の美少女ちゃん。噂通りっていうか噂以上じゃねーか」

腰を浮かせて多賀雄が驚きの声をあげる。

「お兄ちゃんのお友達ですか。こんにちは、楓ですぅ」

今日の楓ちゃんは、いわゆるモテ系というのだろうか。ピンク系のひらっとしたスカートに半そでの白いニットを合わせ、その上から薄い水色のGジャンを羽織っている。外から帰ってきたばかりのせいか、頬《ほお》がほんのりピンク色に上気して、眼《め》が潤《うる》んでいる。唇《くちびる》がいつも濃い桃色なのは、色つきのリップクリームでも塗っているのだろうか。

「へぇ、このコが大城《おうじょう》くんの妹さん？　はじめまして、桜井《さくらい》ひとみです」

「俺は哲太《てった》くんの大親友、香本多賀雄《こうもとたかお》。よろしくね。なんなら、俺のこともお兄ちゃんだと思ってくれて構わないからさ」

「楓《かえで》ちゃん、このバカと、万が一学校で会っても無視していいから。それで、原宿《はらじゅく》は？　お友達と買い物に行ってたんじゃ」

「なんかですねー、男のヒトにいっぱい声掛けられたですよ。一緒にお茶飲もうとか、タレントにならないかとか、お洋服買ってあげるからちょっとトイレで自分でするところを見ててくれないかとか。で、なんだか疲れちゃったので先に帰ってきました」

楓ちゃんが男だと知ったら腰を抜かすだろうに。

しかし、複数の男に声をかけられるっていうのは、女の子的には嬉《うれ》しいものなんじゃないのだろうか。俺だったら複数の女子に逆ナンやらスカウトやらされたら、ちょっと嬉しい気もするが、楓ちゃんはどうも不機嫌な様子だ。その証拠に鞄《かばん》を床に投げつけるように置いた。

「ところで哲太お兄ちゃん、こちらの女性とはどういったご関係ですか」

「普通にクラスメートだけど」

「ふっうーん、ええと、ひとみさんでしたっけ。なんで我が家にいらっしゃるんですか」

かすかな棘《とげ》。小姑《こじゅうと》。ふと俺の頭の中にそんな言葉が思い浮かんだ。

「大城くんに本を借りる約束したの」

桜井さんは楓ちゃんの言葉に含まれた毒に気づいているのかいないのか、無邪気に答える。

「へーえ。本ですかあ。ふううん、そういう建前なワケですねー」

楓ちゃんはあくまでも気に入らない様子で、多賀雄と俺の間に身を滑り込ませて、ぴたりと身を寄せて座る。

「楓ちゃん、ちょっと狭くないかな。あっちで女の子３人で座ったほうが、若干、広いと思うけど」

２人がけのソファーに無理やり３人で座っているせいで、すし詰め状態だ。

「楓は、カテゴリー的には現時点ではこっちですから」

「楓ちゃん。いい加減にしろってば」

わざと意味深なことを言って、挑発をしているつもりかもしれないが、そうは問屋が卸《おろ》さない。俺がするどくイエローカードを掲げると、楓ちゃんは口を尖《とが》らせて膨《ふく》れっ面《つら》を作った。

と、そのとき、玄関から再び物音がした。

結《ゆい》、楓、ここにはすでに揃《そろ》っているということは……ラスボスのご帰宅に外《ほか》ならない。そこにもしも豚さんがいたらゲームオーバー。黒い仮面を被《かぶ》った暗黒卿《きょう》が登場する際に響くテーマソングが頭の中にリフレインする。ああ、もう、お・し・ま・い。いや、まだ間に合う。

「ちょっと待ったぁ」

せめて豚さんの入室だけは阻止せねば。俺は玄関に向かって制止の叫び声をあげると、何事かと驚きの表情を浮かべている桜井《さくらい》さんと多賀雄《たかお》を残して、素早く廊下を走る。

「あら、哲太《てった》さん」

紫《ゆかり》さんは玄関で靴《くつ》を脱ぎながら顔を上げた。ロングの編み上げブーツなので脱ぐのに時間がかかっているようだ。今日は珍しくも洋装。確かに着物で山登りは無謀だろう。もっとも、ピンヒールのブーツでも十分無謀だが。

「あれ、あの、滝にブ、じゃなくって。あのヒトと行ったんじゃ」

「ちょっと風邪ぎみらしいって今日は延期にしたんです。昨日、公園でした露出プレイがいけなかったのかしら」

ようやくブーツを脱ぎ終えた紫さんは、入り口でコートを脱いだ。黒い膝丈《ひざたけ》のレザーのコートだ。

そしてその下から現れたのは……黒いエナメルのボンデージスーツ。編み上げになったコルセットに揃《そろ》いのパンティーはTバックだ。もちろんガーターベルトに網タイツ。さらに俺を威嚇《いかく》するかのように、胸の谷間から舌を出した蛇《へび》がこちらを睨《にら》みつけている。うほっ、ド迫力&セクシー。

「ってオイっ」

俺は廊下で紫さんを食い止めることができた僥倖《ぎょうこう》に心から感謝した。

なんだこのモロバレの格好は。いつもは着物なのに、なんで今日に限っていかにも女王様然

としたソレなんだよ！

「ちょっ、その格好はマズッ……」

紫《ゆかり》さんは俺の狼狽《ろうばい》など気にする様子もなく、肉感的できゅ、と持ち上がったヒップを丸出しのままリビングルームへと向かおうとしている。

「はぶさににっくっつ」

俺は慌てふためくあまり、噛《か》みまくりながら紫さんの腕を摑《つか》んだ。

「どうしまして、哲太《てった》さ……きゃっ」

有無を言わさず、紫さんの和室の襖《ふすま》を開くと、なだれ込むようにして力任せに部屋へと押し入った。勢いで崩れ落ちて、共に畳にごろりと転がる。

「痛たたたたた、ごめんなさい、紫さん」

「ええ、大丈夫ですが……哲太さん、手が」

「おわっ」

何やら甘美な感触だと思っていたら弾みで紫さんのバストを両手で鷲摑《わしづか》みにしていた。俺は慌てて手を離す。すると急に支えを失った上半身が床に仰向《あおむ》けになっている紫さんの胸に顔を埋《うず》める形で倒れこんでしまった。なんだこの最悪なパターンは。

「ふがっ、ご、ごめんなさい、わざとじゃないんです」

慌てて起き上がる。

「いえいえ。事故だとわかってますから。それに家族ですし」

紫さんは包容力溢《あふ》れる笑《え》みをゆったりと浮かべて言った。

俺はいまだに手の平に残っている温かく柔らかい感触を振り払うように、しゃんと背筋を伸ばした。

「あのですね、実は学校の友達が遊びに来ていまして。それで、ちょっと、そういういかにもな格好でリビングに来られるとちょっとマズイというか」

「あらー、そうでしたか、わたくしったらいけない。哲太さんに恥をかかせるところでしたわ」

「では、着替えていただけますか。僕は先に戻ってますから。」

「もちろんですわ」

ああ、良かった。女王様といえども、基本的には紫さんは常識的な人なのだ。

白地に桔梗《ききょう》の花の描かれた着物を着た紫さんが現れた瞬間、多賀雄《たかお》はまん丸に目を見開くと、喉《のど》の奥から搾《しぼ》り出すような声で言った。

「ま、まさか、これが噂《うわさ》のお母さま……美しすぎる」

楓《かえで》ちゃんのときは、さして驚いた様子でもなかった桜井《さくらい》さんでさえ、口を半開きにして絶句し、紫さんに見とれている。

「あ、こっちが親友の多賀雄で、こっちはクラスメイトの桜井ひとみさん」

「いつも、哲太《てった》がお世話になっております」

紫《ゆかり》さんがにこりと微笑《ほほえ》む。

「大城《おうじょう》くんのお母さま、まるで竹久夢二《たけひさゆめじ》の絵から抜け出してきたみたい」

桜井《さくらい》さんがため息交《ま》じりにつぶやいた。

どうしても紫さんをひと目見たい、という多賀雄《たかお》の粘りに負けてリビングで待っていたが、もう限界だ。楓《かえで》ちゃんの機嫌は悪いし、結《ゆい》はまったく気がきかない上に気を使わないし、いつ意地悪系のスイッチが入ってもおかしくない。

「ほら、これで満足だろ、さっさと部屋に行こうぜ」

俺はぐいと紅茶を飲み干すと、紫さんや楓ちゃんがボロを出さないうちにさっさと部屋に避難すべく、桜井さんと多賀雄を追い立てる。

「えー、俺、もっとお母様とお話ししたいなぁ」

「ダメ、却下」

俺は多賀雄に言い放つと、さっさと腰を上げる。

「あたしも、こんなとこでボケボケしてる暇《ひま》はないんだった。じゃあ、哲太、この、誰《だれ》だっけ、友達クン借りるからね」

結は多賀雄を指差す。

「香本《こうもと》多賀雄でございます」

いまだに、女子全員に名前を覚えてもらえる様子のない多賀雄は、少し開き直ったようだ。気の毒に。

「つーか、多賀雄は俺に会いに家に来たんだけど」

俺が呼んだわけじゃないし、正直、多賀雄が結の部屋に行ってくれるなら、俺は桜井さんとふたりきりになれるというメリットもあるのだが……多賀雄に結が腐女子のエロ漫画家とバレるのとどっちがいいかは悩みどころだ。

「うるさーい、あたしの仕事と自分の遊びとどっちが大事なのよ！」

どう考えても、結の仕事を優先させる筋合いはない。

「いや、俺は、お姉さまのお仕事を手伝うから。んでもって、終わったら哲太の部屋に行くよ」

多賀雄は欲望に囚《とら》われ、あちらに取り込まれてしまっている。もう知らねー。俺は若干投げやりな気持ちで立ち上がる。

「というわけで、このタコ男、借りるから」

結がソファーから勢いよく立ち上がると、顎《あご》をしゃくった。

「タコ男じゃなくって香本多賀雄ですのでよろしくです」

多賀雄は弾んだ足取りで、結に続いて部屋を出て行った。後から恨むなよ、多賀雄。地獄を見ても、自業自得《じごうじとく》だからな。

「じゃあ、楓は哲太お兄ちゃんの部屋に行こうかな」

「無理です」

俺が即座に提案を却下すると楓《かえで》ちゃんはぷぅ、と頬《ほお》を膨《ふく》らませた。思わず指先でつんつんとつつきたくなるほど可愛《かわい》いが、俺はそんな誘惑になど負けはしない。

「妹さんも一緒でいいんじゃない」

桜井《さくらい》さんがフォローを入れたが、ハラハラするのはまっぴら御免。

「いやいや、甘やかすと本人のためにならないから」

「ふーんだ、哲太《てった》お兄ちゃんの意地悪っ」

楓ちゃんの捨て台詞《ぜりふ》を背中に浴びながら、俺は廊下へと突き進んだ。


「へー、ここが大城《おうじょう》くんの部屋かぁ」

「ま、適当に座って」

座ってといっても、俺の部屋に座れる場所はベッドの上か、勉強机のチェアか、床に直《じか》、という3つの選択肢しかない。ベッドの上に座られちゃったらどうしようと、内心激しく期待してみたが、桜井さんは迷うふりすらなく本棚のすぐそばの床へとぺたんと脚を八の字に曲げた女のコ座りで腰を降ろした。ちょっと落胆。

「うわー、マニアックな本がいっぱい並んでるね。大城くんってやっぱり趣味人だ」

実のところ、俺の本など一冊もありませんけど。

「うわー、読みたかった本があるー」

桜井さんが手を伸ばしたのは、楓ちゃんが貸してくれた本の中の一冊だった。良心がチクリと痛む。ちょっと楓ちゃんに冷たく当たりすぎたかな。

桜井さんは本を手にすると、脚を崩した。膝《ひざ》を立てた体育座りの体勢だ。

うほ。心臓がびくりと跳ねた。ダメだ、焦《あせ》るな太鼓衆。

目の前には、白くて傷ひとつないむき出しの膝小僧。それにその奥。ちょうど角度のせいで見ることはできないが、脚をずらしたらパンツが丸見えなんじゃ。

俺は慌てて目を逸《そ》らす。もちろん見たいんだけど、でも、桜井さんをそういう対象で見てはいけないような……でもちょこっとだけなら見てもいいよな。

俺が桜井さんのパンツを覗《のぞ》ける位置に体をずらそうとすると、ドアが外からノックされた。

「哲太さーん、お茶を持ってきましたけど、入ってもいいかしら」

このタイミングで現れる紫《ゆかり》さんは悪魔か仏か。桜井さんは同級生の母親の前で体育座りは行儀が悪いと思ったのか、正座に座りなおしてしまった。ちぇっ。少しがっかりだ。

「ごゆっくりしていってくださいね」

紫さんはお茶を机の上に置くと、結《ゆい》と多賀雄《たかお》にもお茶を出すといって、早々に部屋を去って行った。俺は心を落ち着かせようと紫さんが持ってきた煎茶《せんちゃ》を飲み、団子《だんご》を頬張《ほおば》る。

「大城くんのお母さまって、お綺麗《きれい》な方ね。着物も似合ってるし、あのリビングの絵のモデルもお母様でしょう。ステキ」

「そ、そうかなあ」

本当はああ見えて、ＳＭの女王様なんすけど。

「あんなに綺麗《きれい》なお母さま、見たことないよー。それに、お家にこんなに本があるだなんて、すごくアカデミックな感じだし、ステキな家だね。あ、画集まである」

「ああ、画集かぁ……っておわっ」

なんだコレは。

モデルは女性。そのふくよかな裸体は縄で縛られ、あろうことか宙に吊《つ》るされている。白い足袋《たび》に包まれた足先は激しく悶《もだ》え、着乱れた和服から裸体が露《あら》わにこぼれ出し、しどけなく乱れた黒髪の間から覗《のぞ》く顔には、苦悶《くもん》とも愉悦《ゆえつ》とも恍惚《こうこつ》とも見える表情が浮かんでいる。

俺は慌てて取り上げると、すかさず背中へと隠す。なんて言ってフォローすればいいんだ。

ええと、ああ、そうだ。ヤプーの教訓を思い出せ。

「な、なんつうか、あれはアートな画集なわけで……ゲージュツなわけですよー」

なんとか押しきろうと俺は熱弁を振るう。

「えーじゃあ、なんで隠すの？」

きょとんとした顔つきで、目をまん丸に見開いている。

どうやら桜井《さくらい》さんは表紙に描かれたものに気がつかなかったようだ。九死に一生。桜井さんにあんなエロいものを見せるわけにはいかない。

「いや、ちょっと、っていうか暑くない？　窓でも開《あ》けようか」

興奮したせいか頭に血が上り、汗をかいてしまった。

俺は薄いレースのカーテンを開け放ち、ベランダとの境の窓を開けた。

「おわわあわっちゃったった」

今のはなんだ。まるでさきほどの伊藤《いとう》なんとかの画集のように、縄で縛られた……豚さんが吊るされていたような気がしたのだが。

「どうかした？」

「いや。やっぱり、そんなに暑くないかな、と」

俺は恐る恐る窓の外を窺《うかが》った。やはり豚さんだ。なんだよ、風邪引いてたんじゃなかったのかよ。縄でぐるぐる巻きの状態で、物干し竿《ざお》から吊るされ、ぶらぶらとぶら下がっている。

麻縄は、先日紫《ゆかり》さんが茹《ゆ》でていたものだろうか。

「うわー、大城《おうじょう》くんの部屋、見晴らしいいね」

桜井さんが腰を上げ、窓辺へと寄ってきた。

「だ、ダメっ」

声が裏返ってしまって格好悪いこと極《きわ》まりないが、コレはヤバい。一発でおかしな家庭だとバレてしまう。

「そうお。あれ、カーテンまで閉めちゃうの？」

「いや、眩《まぶ》しいかと」

「昼間は、たくさん太陽の光を浴びないと不健康だよ？」

もっともな言い分だ。しかし、カーテンの向こうにはもっと不健康な物体が。

「紫《ゆかり》さんが洗濯物を取り込み忘れていたらしく」

「ああ、そういうことか。ごめんなさい」

苦し紛《まぎ》れな言い訳だが、桜井《さくらい》さんは納得してくれた。干されてるのは、60歳近いおっさんなんですけどね。

食べ終えた食器を下げるという理由をつけて部屋を出た。リビングルームへと駆け込む。紫さんはいない。和室だろうか。

「紫さん、入りますっ！」

紫さんは和室のベランダで洗濯物を干していた。

「紫さん、俺の部屋の外に豚さんが吊《つ》り下がってるんだけど」

「ええっ？　あらいやだ。豚さんってば勝手に自縛《じばく》で自《じ》吊《づ》りなんてしてして」

「自吊り？」

「ええ、自分で自分を縛って、さらには宙に吊った状態にすることですわ。豚さんの得意技で、拗《す》ねるとまるでわたくしへのあてつけみたいにするんですの」

「っていうことは、紫さんの仕業じゃあ」

「ええ、違います。今日調教をお預けにしたのが、そんなに不満だったのかしら。ちょっとお仕置きに解《ほど》いてきますわ」

紫さんは、手に持った洗濯物を俺に手渡すと、部屋を出て行った。残ったのは心もとない小さな濃紫色の布切れ……パンティーじゃねーか。

俺は慌てて洗濯籠《かご》へと放り投げた。

が、しかし。

実のところ、俺は女性のパンティーを生で見たことがない。母親も女きょうだいもいないのだから、触れ合うチャンスがなかったのだ。

それゆえ、長年ずっと抱いていた疑問がある。

雑誌やビデオで見る限り、女性のパンティーはものすっごく小さいが、あんなに小さくて、本当に、パンツの役割を果たせているのか。

ずっと持っていた謎《なぞ》を今こそ解き明かすチャンス。これはエロゴコロではなく、あくまで探究心によるもの。部屋に桜井さんを残していることは気になるが、ちょっとだけ。そう、ちょっとだけだ。そう自分に言い聞かせながら、心臓に住む太鼓叩《たた》きを諌《いさ》めつつ、先ほど投げたソレを再び拾い上げる。

洗濯したばかりのそれは、水分を吸ってひんやりとしている。濡《ぬ》れているせいで、わずかには質量を感じるが、それでも、まるで生まれたての雛《ひな》のように心もとない感触だ。

俺は意を決し、両手でソレを広げる。逆三角のソレはやはり小さい。股《また》に当たる部分以外はすべてレースで向こうが透《す》けて見える。これでは陰毛も丸透けということではないか。

つうことは、だ。全員が全員でないにしろ、スカートの下で陰毛をさらしながら歩いている女子も存在するというわけだよな。

なんだよそれ、世の中刺激的すぎるっつーの。ひょっとして、さっき体育座りをしていた桜井《さくらい》さんの、あのつるつるの膝《ひざ》の奥の三角地帯も、こういう布地《ぬのじ》に覆《おお》われていたりして……うひょーっ。眩暈《めまい》を感じながら、さらなる謎《なぞ》を解き明かすべく、両手で引っ張ってみた。

「おお」

3倍まではいかないにしろ、2倍には広がった。思わず感激の声を漏《も》らし、慌てて口を噤《つぐ》む。俺の心臓から鳴り響く太鼓のリズムも2倍にアップした。

「……こうなったらついでに」

長年の疑問が解けたことで少し興奮をしていたせいか、やや大胆な行動を思いついた。

いよいよ出番が来た裸太鼓衆はドンドンドンドンと悦《よろこ》びの舞を踊り心臓を打ち鳴らす。

これは変態的行為ではない。あくまでもどこまで伸びるかの実験だからな。

俺は必死に自分自身へと言い訳をしながらも、ジーンズの上から、足を通そうと片足を上げた瞬間、非情にも襖《ふすま》が開かれた。

「うはぶひふーっ」

片足を持ち上げたところだった俺はバランスを崩して畳の上に転がり尻餅《しりもち》をついた。

「か、か、か」

楓《かえで》ちゃんだった。

「あれ、哲太《てった》お兄ちゃん、なぜこんなところに」

「いや、ま、窓の外に豚さんが、吊《つ》り下がってたのを見つけて、紫《ゆかり》さんに知らせに」

「あーそういえばぶら下がっていましたね、ママが吊るしたんだと思って放っておいたんですが」

「自分でやったみたいだよ」

「ふわー自虐《じぎやく》的ですねー」

楓ちゃんは、畳を踏みながら俺のほうへと近づいてくる。俺は慌ててパンティーをポケットの中に突っ込んだ。

「で、楓ちゃんはどうしたの？」

「結《ゆい》ねえは仕事だし、哲太お兄ちゃんは遊んでくれないし、ベランダから唾《つば》でも垂《た》らして遊ぼうかと。こっちの部屋の真下って歩道じゃないですか」

「いやいや、唾とか垂らしたらダメだから」

「なんでですか。喜ぶ人もいますよ？」

「それは一部の人だけで、だいたいの人は嫌がるからね」

「うー」

今日の楓《かえで》ちゃんは機嫌が悪い。桜井《さくらい》さんを招いたことがそんなにいけなかったか。

それとも。

「原宿《はらじゆく》で何かあったの」

「ないです」

「でも、帰ってきてから、ずっと機嫌悪いよね。俺でよければ、話くらい聞くけど」

楓ちゃんは、何か言いたげな視線を俺に向けた。

「今はいいです。それよりも、お客さんのところに帰らなくていいんですか？　ずいぶん放置プレイしてると思いますけど」

「……あ、そうだね。とにかくさ、あんまり落ち込むなよ。ほら、こんな時こそラブちゃんでも呼んで、盛り上げてもらったらいいさ」

こくりと頷《うなず》いたのを確認すると、俺は楓ちゃんの頭をすりすりと撫《な》で、和室を後にした。


「悪い。待たせた」

自分の部屋に帰ると、多賀雄《たかお》も戻ってきていた。

「あれ、多賀雄、お前、結《ゆい》の仕事は？」

「俺のがんばりのおかげで終わったっすよー」

「……どうだった？」

「いやー楽ちん、楽ちん」

「何をお手伝いしたの」

桜井さんが首を15度ほど傾けて言った。

「椅子《いす》に座ったり立ったりねっころがったりのポーズをとって写真を撮られただけ。いやーそれにしても結さんのお部屋、いい匂《にお》いがしたなぁ、なんつーの？　甘酸っぱいっていうか、こう胸にずきゅーんってくる匂いだったなー」

マジか。本当にそれだけか。

四つん這《ば》いにさせられたり、裸にひん剝《む》かれたり、破廉恥《はれんち》なことをしろとは言われはしなかったか気になるが、桜井さんの前で聞くわけにもいかず、多賀雄の様子をこっそり窺《うかが》う。

しかし、ショックを受けている様子もなければ、何か特別なことがあって、興奮している様子もない。着衣も乱れてないし、髪がぼさぼさなのは、いつものことだ。至って平静な態度。

うーん、今日のはたまたま、エロくない種類の仕事だったのだろうか。

「結さんってなんのお仕事をしてる人なの？」

「あー漫画家って言ってたよ。そうだよな、哲太《てった》」

「まぁ、そんなものみたいだね」

「どんな漫画かしら?」

ドキッ。

「いや、あの、女子向けというか……」

俺が口ごもっていると、多賀雄《たかお》が嬉々《きき》とした様子で説明を始めた。

「こう、でんぐり返しの途中で止まった体勢とかねー、ブリッジとかのポーズ取ってくれって言われたからさぁ、レスリングですかねー、って俺が聞いたら、そんなものだって言ってたよ」

たしかに♂と♂がくんずほぐれつ、という意味では間違ってはいないのかもしれないが。

「へー、すごいなぁ。大城《おうじょう》くんちって、文化的なお家なのねー」

「そ、そうかな」

平々凡々と生きてきた俺は、褒《ほ》められ慣れていないので、どんな反応をとればいいのか戸惑《とまど》ってしまう。ああ、侘《わ》びしいかな俺の人生。

「そんなこと言われると、照れちゃうなぁ」

俺はポケットからハンカチを取り出して首筋を拭《ぬぐ》った。ってアレ。俺、いつもハンカチなんて持ち歩いてねーし。ということはこれは。

「おおっ、それはもしや……」

エロ事に関しては神がかり的なアンテナを持つ多賀雄は、いち早く気がついたようだ。

「おわっ、これは違っ、違うっ、ちょっ間違えたわ」

慌てて立ち上がり、部屋から出ていく俺を追いかけて、多賀雄までもが廊下へと出てきた。

「哲太《てった》、家族の下着を泥棒とは……いくらなんでも、それはシャレにならんぞ」

「いや！　これは偶然、洗濯中に俺のジーンズのポケットに入っただけだから」

「んなわけあるか。いいから、とりあえず俺に貸してみろ、な」

目の色を変えて襲《おそ》い掛かる多賀雄の頭を押さえつけながら、桜井《さくらい》さんに聞かれないよう小声で俺は叫ぶ。

「貸すかボケ。このド変態が。人んちの母親のパンティーに興味示してんじゃねーよ」

しかし脳みその半分はエロでできている多賀雄も、一歩も引かない。

「お前こそ、なんでそれがお母様のパンティーだって知ってるんだよ」

「こんないやらしいパンティーを楓《かえで》ちゃんが穿《は》くわけないだろうが」

「じゃあ、結《ゆい》ちゃんはどうなるんだよ」

「知るか。イメージ的にこれは紫《ゆかり》さんのパンティーなのっ」

「ちょっと、あんたら、何やってんのよ」

バン、と激しい音とともに、勢いよく扉が開いた。結だ。

「パンティーパンティーって、人のパンティー片手に何、揉《も》めてんのよ」

「は？　人のって……これ、結の？」

強固に握り締めていた右手から力が抜けた。ひらり、とパンティーは空を舞いながら床へと落ちてゆく。

結《ゆい》は腰を落としてそれを拾い上げると、人差し指に引っ掛け、くるくると回しながら言った。

「これはあたしのだけど、なんか文句でも？　人がいつでもキュート系だとばっかりだと思わないでよね。勝負下着はセクシー系なんだから」

いいや、キュート系だったことなど一度もないと思う。自己認識間違ってますから。

「まぁ、いいわ。これは多賀雄《たかお》くんにあげる。今日のギャラの代わり」

結はさっき俺がしたのと同じように、パンティーを両手で広げて突き出した。

「まじっすか。じゃあ、ありがたく」

親友の俺の前で、嬉々《きき》としてその姉のパンティーを拝領《はいりょう》する多賀雄って、ある意味、ものすごい大物ではなかろうか。

俺はすりすりとパンティーに頬《ほお》ずりしている多賀雄の満足げな顔を見ながら、感心のため息をついたそのとき。

「きゃあっ――――」

という叫び声が響いた。俺と多賀雄、結は思わず顔を見合わせる。

「大城《おうじょう》くん、今の、いったい」

驚いた桜井《さくらい》さんまでもが廊下へと出てきた。

「今のは……楓《かえで》の叫び声よね」

結が首を傾《かし》げた。

「ちょ、俺見てくるわ」

叫び声のした方向……紫《ゆかり》さんの和室のほうへと向かう俺の後を、結に多賀雄に桜井さんまでもが、ぞろぞろとついて来る。

紫さんの和室の手前で俺は一旦《いったん》立ち止まると、思い切って襖《ふすま》を開いた。

「楓ちゃん、大丈夫か」

中を覗《のぞ》くと、畳の上に楓ちゃんが尻餅《しりもち》をついたままの体勢で放心していた。

「楓が、外を見ていたらいきなり横から現れてっ」

楓ちゃんが指差したその先を見ると……迷彩柄のツナギに身を包んだ舞《まい》がしゃがみ込んでいた。

「……パパラッチ舞、何やってんだ、そんなところで」

「いやー、せっかくなんて、予告通りゲリラ的にやってこようと、隣の非常階段から飛び移ってきたであります」

「ここ６階だぞ。落ちたら死ぬぞ？」

俺は呆《あき》れて言った。

「久しぶりに生きている実感を感じたであります」

「……お前、けっこうアブノーマルな生き方志向だな」

「まぁ、無事で良かったなぁ。万が一、落ちたりしたら、哲太《てった》のストーカー扱いじゃん。そんなの死んでも死にきれないっしょ」

多賀雄《たかお》も目を丸くしている。

「たしかに舞《まい》的にもそれは不本意でありまする」

「なあんか、哲太の友達ってヘンなのばっかりねー」

結《ゆい》が呆《あき》れたように言った。

そんなこと、結に言われたくないんだけど、と俺は思いながらも、しかし、確かにこいつらもそうとうおかしいと、多賀雄と舞に視線をやると盛大なため息をついた。

「あらあら、皆さん、わたくしのお部屋にお揃《そろ》いでどうかされました？」

騒ぎを聞きつけた紫《ゆかり》さんまでもが現れた。

「お騒がせしちゃってすみません。って紫さん、それ、何っすか」

手に持っているのは……。

「おお、それは乗馬鞭《むち》では。しかしなぜ家の中で乗馬鞭なのでありますか」

舞がすかさず突っ込みを入れる。

「あー紫さんは最近、乗馬タイプの健康器具にハマってて」

「健康器具に乗るのに、鞭なんて必要なのかしら」

桜井《さくらい》さんが不思議そうに首を傾《かし》げた。

「ああ、これですか」

　紫がにっこりと笑った。ヤベー。紫さん、お願いだからＳＭに使うとか桜井さんや舞や多賀雄の前で言うのだけは勘弁してください。俺は必死に紫さんにアイコンタクトを送る。しかし、紫さんは俺の視線になどまったく気がつく様子はない。

「布団叩《ふとんたた》きが見つからなかったもので、これを代わりにできないものかと」

　マジか……マジだろうな。やっぱ、紫さんって天然なんだよな。

「ふむふむ、大城《おうじょう》クンのお母様は元乗馬部っと」

　舞は手帳を取り出すとまたもやメモり始めた。俺は緊張と弛緩《しかん》を幾度となく繰り返したせいか、どっと疲れを感じた。せめても癒《いや》されたい。そう思って桜井さんを盗み見る。ああ、やっぱり可愛《かわい》い。カーディガンの袖口《そでぐち》がちょっと長めで、指先だけちょこんと出てたりするところに、ホントに癒される……っておい、その手に持ってるのはいったいなんだ。

「ちょっ、桜井、それ」

「あ、ごめんなさい、大城くんが部屋に置いていったものだから、つい」

　桜井さんが持っていたのは、先ほどのＳＭっぽい画集ではないか。最悪だ。

「へー、ひとみちゃんはそんな画集に興味が」

「ちょっ、黙れよパパラッチ舞」

「舞が黙るときは死ぬときでありますっ」

「で、まさか、中身を見ちゃったりとか……」

「……ごめんなさい。見ちゃった」

桜井《さくらい》さんが気まずげに視線を落とした。

「何揉《も》めてるんだよ、そんなにまずいわけ？　ってうおっ、すげー、超エロ」

多賀雄《たかお》が桜井さんの手から奪い取ると鼻の下を伸ばしながらページを捲《めく》り始めた。と、紫《ゆかり》さんがそれを覗《のぞ》き込んで、穏やかに微笑《ほほえ》んだ。

「あら、それ、伊藤晴雨《いとうせいう》の画集じゃないの。あらあら、間違って哲太《てった》さんのお部屋に行ってしまってたのね」

「ええっ、このエロ本、お母様のなんですか」

多賀雄はさすがに驚きを隠しきれない様子で顔を上げた。

「ふむー、お母様はエロ本を所持、と」

舞《まい》は取材メモにさらに書き加えている。

「違いますわ。これは、立派なアートブックなんですから。高校生には刺激が強すぎるかもしれませんけどね」

「……アートっすか」

俺と多賀雄は思わず口を揃《そろ》えてしまった。

「そうよ、これを見なさい。この肉体に食い込む縄の繊細《せんさい》かつ大胆な表現と、モデルのリアリティー溢《あふ》れる苦悶《くもん》と恍惚《こうこつ》の表情……しかもこの恍惚は、ただの性的興奮だけではないわ。晴雨に描かれるというメンタルから沸き起こる歓《よろこ》びまでも感じられるじゃないの。そしてあくまでも冷徹にモデルを鑑賞する晴雨の視線……ああ、なんて美しいの」

紫さんはうっとりとした表情で、多賀雄の手から画集を取り戻すと、しずしずと小股《こまた》で部屋を出ていった。

多賀雄はあっけに取られたような口調で言う。

「……アートって俺たち一般人にはわからないアレだな」

「そうね」

桜井さんが同調した。あーっ、もうサイアクだ。俺は床にしゃがみ込むと頭を抱える。

「あー、そうだ。あたしもこうしてなんてられないんだった。イラストに着色しないと。楓《かえで》、消しゴムかけ手伝ってよ」

結《ゆい》と楓は、連れだって部屋を出ていった。

「あーみんな行っちゃったかぁ、寂《さみ》しいなぁ。まぁ、舞ちゃんも来たことだし、これで男2、女2でちょうど人数のバランスは良くなったねー、何して遊ぼうかー。王様ゲームとかどうよ。むしろ多賀雄さまゲーム。俺が王様！」

多賀雄が誇らしげに手を挙手して言った。俺はその頭をぽかりと軽く殴《なぐ》る。

「そんなものやるかよ、そもそも多賀雄も舞も誘われてもないのに人んち来るんじゃねーよ」

「そう固いことはヌキでいいじゃん。っていうかアレだねー舞《まい》ちゃんの私服、迷彩服っていうの？　そういう格好を女の子がすると逆にエロいよねー」

「うん、確かに、舞ちゃん格好いいかも」

「そんな、桜井《さくらい》まで、こんな変人に賛同するなよー」

なんでこんなことになっちまったのか。桜井さんとラブラブな時間を、なぜにスケベ男とオタク女に邪魔されねばならぬのか。

「もうさ、多賀雄《たかお》と舞、お前ら、さっさと帰ってくれよ、もう満足したろ」

「えー、俺、もっと遊びたいー。まだオムライス食べてないしー」

「オムライスなんてねーっつーの」

「舞は先ほど来たばかりで、まだまったく取材が済んでないのであります」

「ちょー。まじでなんなのこの展開」

俺が頭を抱えていると腕にピトと何かが張り付いた。

「わたしは楽しいよ。それに、大城《おうじょう》くんって人気モノなんだね」

「さ、桜井……」

俺の腕を掴《つか》んでいたのは、なんと桜井さんの手だった。柔らかく、温かい。しかも、目の前には、頬《ほお》をほんのりと紅に染めながら、くりくりとした大きな目を、優しげに細めて微笑《ほほえ》んでいる桜井さんの姿が……。マジか。罰《ばち》が当たりそうじゃないか。感激のあまり動けないでいる俺を見て、舞がすっくと腰を上げた。

「……まぁ、舞の目的は、妹さんとお姉さんの取材であるからして。後はピーマン抜きのオムライスと。なのでここから先は別行動をとらせていただく」

「えー、マジでー。舞ちゃん行っちゃうのー」

「ええと、大城クンの友人Ｂも一緒に行こうであります」

「多賀雄です。ってどうせ覚えてくれないんだろうけど。でも、哲太《てつた》の親友はひとりだからせめてＡにしてよ」

「では友人Ａも、行くであります」

「っていきなりなんだよ、オイ。舞、どうしたんだよ」

舞は妙に凜々《りり》しい顔で振り向くと大きく頷《うなず》いて言った。

「お邪魔モノは消えるのであります」

なんだ、それ。わかってるなら、最初から来るなっつーの。まぁいいや。やっとのことで、これから誰《だれ》にも邪魔されない甘い時間が桜井さんと過ごせるのだから。

「じゃあ、桜井、俺の部屋に戻ろうか」

「ごめんなさい、わたしはそろそろ帰る時間みたい。楽しかったわ、ありがとう」

桜井さんはにこりと笑って言った。俺、超がっくり。

「つうか、あの男、バカねー」

夕食も終わり、リビングルームでデザートのアップルパイを食べている最中に結《ゆい》が言った。

「あの男とは？」

「なんだっけ、あいつよ、あの影の薄いあいつ、ラブちゃんのパンツ、あたしのだとコロッと騙《だま》されて持って帰っちゃうんだもん。さっきラブちゃんにパンツを男子高校生がお持ち帰りしたってメールしたら超興奮されたし、いいことした気分ー」

やっぱり裏があったか。気の毒に今頃《ごろ》、頰擦《ほおず》りでもしてるんでなかろうか。多賀雄《たかお》、合掌《がっしょう》。いまだに名前も覚えられてないし。

「ラブちゃんのパンツがなんでうちにあるんだよ」

つうか、あんな小さいパンツを、あのおっさんが穿《は》けることが驚異だ。全部収まるのかよ。

「ラブさんはね、ご実家住まいなのよ。それで、お父様とお母様に言えなくて、だからお店の衣装を家で洗ってあげているの」

紫《ゆかり》さんが肩をすくめて言った。

なるほど、みんないろいろあるもんだな。

「そう考えると楓《かえで》は幸せよね、みんなに理解されちゃってるもんねぇ」

結がパイにフォークを刺して言った。さくりと小気味いい音がする。パイは豚さんの得意料理だ。なんかオシャレ（豚のくせに）。

「楓だってそんなに幸せじゃないです」

　楓ちゃんの機嫌はまだ直らないようだ。

「俺も幸せだと思うけどなぁ。こんなに家族に愛されてさ。俺なんて、お袋に捨てられて親父《おやじ》には放置プレイされてるんだからそれと比べてみなよ」

「うわー哲太《てった》、放置プレイとかいって、あたしたちのしゃべり方に影響されてやんのー」

「はいはい、影響されちゃいました、すみませんっす」

「うわーなんか生意気。あんた、ちょっと調子乗りすぎ、哲太のくせに生意気」

　結が口を尖《とが》らせたが、パイを口の中に入れるととたんにとろけそうな顔つきになった。

「おおっ、これ、旨《うま》いっすね」

　俺も思わず、感激の言葉を漏《も》らすほど、そのパイは旨かった。皮は香ばしく、さくさくと歯ごたえも軽快。中に詰まった林檎《りんご》は、甘さと酸っぱさがいい感じに同居して、いくらでも食べられそうだ。

「しかも、楓ちゃんはかなり美少女でモテモテなわけだしさ、それで不幸って言ったら、世の中の人が怒るよー」

　俺は最後の一切れを口の中へと放り込むと、名残《なごり》惜しく思いながらも飲み込んで言った。

「そんなことは関係ないですよ。いくらスカウトされたって、ナンパされたって、誘われたって、楓のカラダは男子なんですから、どうしようもないじゃないですか」

「まあ、そういえばそうだけど……」

「だいたいアレですよ。哲太《てった》お兄ちゃんが連れてきた女子なんて、努力しないでも、女の子ですよ。そんなのズルいです。楓《かえで》は、毎日がんばって女の子にならないと、女の子でいられないんですから」

顔は真っ赤。瞳《ひとみ》は涙を湛《たた》えて、今にも零《こぼ》れ落ちそうだ。

そういうことだったのか。俺はようやく楓ちゃんの不機嫌のわけが少し理解できた。

楓ちゃんにとってのコンプレックスは、自分が女の子ではないことで、周りから女の子扱いされればされるほど、その悔しさや空《むな》しさや悲しさが増すのではないだろうか。そこへまるで砂糖菓子でできたような、女の子然とした桜井《さくらい》さんを見て、嫉妬《しっと》を掻《か》きたてられ、不機嫌になったのだろう。

楓ちゃんがそんなふうに思っていたとは、俺はまるっきり気がつかなかった。しかし、俺ができることといえば謝ることとくらいであって。

「ごめん、楓ちゃん」

頭を下げた。

「ううん。あの人、楓のことを、可愛《かわい》いって言いました。たぶんそれ以上でも、それ以下でもなく、悪気なんてないとわかってます。けど、それを上から目線だと思ってしまう楓は、心が貧しいのかもしれません。興奮しちゃってごめんなさい」

楓ちゃんは、ウサギのように赤くした目で言う。

けどな、楓ちゃんがうらやましいという桜井さんだって友達はおらず、クラスの女子の中では孤立している。いうならば、いじめられっ子寸前のＣグループだ。しかし、楓ちゃんは、トップオブトップの特Ａグループ候補じゃないか。うらやましいところばかりが目について、不幸の部分は目に入らない。人間って勝手なものだよな。

ストイックのS、悶絶のM。

　昼休みに入ったとたん、桜井《さくらい》さんが声をかけてきた。

「ねえねえ、大城《おうじよう》くん、お昼、一緒に食べない」

「おお、いいけど……いいよな？」

　俺は隣の多賀雄《たかお》に同意を求めた。

「もちろんのすけ。俺は女の子の誘いと頼みは断ったことがない男なんで」

「嘘《うそ》つけ。こないだ夏《なつ》ちゃんに宿題、お願いだから1回くらいやってきてくれって言われて、即答で無理って断ってたじゃねーか」

「いや、そんな記憶はない」

「お前って都合悪いこと、ホント全部忘れんのな」

　忘れ去られて借りパクされたゲームソフトやDVDやCDは10、20ではきかないだろう。

「ふたりは本当に仲がいいよねー。うらやましいな」

　桜井さんは、絹糸のような髪の毛を左耳に掛けながら言った。

「あれ、それ」

　耳朶《みみたぶ》に小さな透明の石が光っていた。ピアスだ。今どき、ピアスごとき、驚くほどのものではないが、桜井さんがするのは、なんとなくキャラが違う。

「前からしてたっけ？」

ううん、と首を横に振ると、光を受けてキラリと光った。人工的で冷たい光。やっぱり桜井さんには似合わない。

「実は日曜日に開《あ》けたんだ」

「へぇ。病院で？」

「ううん、白百合《しらゆり》先輩が開けてくれたの」

「へぇ。開けようと思ってたんだ」

「ううん、開けるつもりはなかったんだけど、先輩がどうしてもっていうから」

なんだそれ。白百合が言ったから開けたって、なんか淫靡《いんび》かつ不吉な感じ。桜井さんも断ればいいのに。俺はなんだかすっきりしないまま、弁当箱を開いた。そして目を点にする。豚さんに頼み込んで普通サイズの弁当箱にしてもらったのはいいが、なんじゃこりゃ。

「うわぁ、大城くんのお弁当、すごいね」

「おおっ、これはまさにお弁当の玉手箱ならぬ動物園やー」

多賀雄が吃驚《きつきよう》した。

キャラ弁やデコ弁というのだろうか。ウサギ形に切り取られたハムにオニギリは海苔《のり》でパンダに見立ててある。ヒヨコを模《かたど》った玉子焼きにコロッケはライオンだろうか。ウインナーだけは海産物である蛸《たこ》というところがやや苦しい。

「これをあの和服美人が作ってるところを想像すると、萌《も》えるなぁ」

いつもながらに多賀雄《たかお》の萌えポイントは摑《つか》みづらい。

「うわー今日のお弁当もまたすごいでありますなぁ」

忌々《いまいま》しくもよく通る声が俺を背後から襲《おそ》った。

「お、舞《まい》ちゃん、今日も弁当奪取ハイエナ行為しに来たわけ？」

「違うであります。失礼な。……まぁ、目的の半分は弁当なのは事実。でもって、残り半分は、この組み合わせにキナ臭いものを感じたからでありまーす」

キナ臭いとかいって相変わらず失礼な女。俺は弁当を死守すべく、腕で囲い込んだ。

「およー、ケチでありますな。つうか何、この2対1編隊は、こないだの国語の授業以来、仲良しになってしまったわけですか」

「悪《わり》ィーかよ」

「別に悪くはないでありますが……ってアレ、ひとみちゃんピアスなんて開《あ》いてたっけ」

さすがはパパラッチ舞。見るところは見ている。しかし、なぜ、桜井《さくらい》さんに話すときは普通の言葉遣いなんだコイツ。

「うん、昨日開けたばっかりで」

「へーえ。ひとみちゃんがピアスだなんて、すごい意外かもー。しかもそれ、ファッションピアスじゃなくって、ボディピに使うようなちゃんとしたヤツじゃない。ゲージ数も結構あるし。ということは、ピアッサーじゃなくてわざわざニードルで開けたの？」

ボディピアスまではわかるが、ニードルとはなんだろうか。白百合《しらゆり》のアイスピックの伝説が頭をよぎる。

「お前、ピアスにやたら詳しくない？　実はマニアだったりして」

多賀雄も同じ想像をしたのか痛みに耐えるような顔で言った。

「そんなに詳しくないですが、あらゆる情報に精通していることが、報道者としての務《つと》めであります」

「白百合先輩が全部やってくれたから、わたしはよくわかんないんだけど」

桜井さんは困ったように頰《ほお》に手を当てている。

「えっ、白百合先輩が開けたわけ」

「うん」

「さすがはリリーSでありますな。やることが血生臭《ちなまぐさ》いであります」

舞が俺の蛸《たこ》仕様のウインナーを盗み食いしながら言う。

「でも、ちょいエロいよなぁ。女の子が女の子のピアスを開けるシーンってさ」

すべてをエロに結びつける男、多賀雄的にはこれもありらしい。俺はまったくダメ。血とか怪我《けが》とかそういうものを想像させられると無条件でアソコがきゅっと縮まってしまう。

「あ、噂《うわさ》をすればであります」

舞《まい》が教室の出入り口を指差した。

「あ、白百合《しらゆり》先輩だ」

白百合は人を捜すような顔つきできょろきょろと教室を見回し、桜井《さくらい》さんの姿を見つけると近づいてきた。

「ひとみ、ピアスの調子はどうかしら」

ミントのような匂《にお》いが鼻を刺激する。

近くで見た白百合は超絶的に美しかった。隙《すき》もないほど整《ととの》った眉《まゆ》毛《げ》の下、長い睫《まつ》毛《げ》に彩《いろど》られた切れ長の眼《め》は、硝子《ガラス》のような硬質な光を放っている。滑らかな肌は、モノクロームのイメージだが、その中で不吉なほどに赤い唇《くちびる》だけが、唯一の彩りを見せている。

全体の作りもパーツのひとつひとつも、整いすぎていて、まるで精巧なビスクドールのようだ。血の通っている感じがしない。もしも近世ヨーロッパに生まれていたら、この風貌《ふうぼう》だけで、魔女狩りで裁判に掛けられていたことだろう。現に俺は呪《のろ》いでも掛けられたように身動きが取れないでいる。

「特に痛くもないし、腫《は》れたりもしてないみたいです」

「ああ、触っちゃダメよ。ばい菌が入っちゃうわ」

桜井さんが耳朶《みみたぶ》を左手で弄《もてあそ》んでいるのを、白百合は手を伸ばして制止し、ついでに頬《ほお》を撫《な》でた。なぜ撫でる。

「なんか触り方が意味深でありますな」

俺の心の中での突っ込みを代弁するかのように、舞が顔を寄せ耳打ちした。しかし、この舞でさえも、冷たい美貌《びぼう》に魅せられ、わずかに物怖《ものお》じしているようだ。

多賀雄《たかお》だけが、活《い》き活きと目を輝かせて、必死に俺に何かを伝えようと口をパクパクと動かしている。なんだなんだ。えっと……ミ、ズ、イ、ロ、パ、ン、ツ？

バカか。しかし多賀雄のどうしようもなさに、魔女の呪《のろ》いが解《と》けたようだ。俺はほっと息をついた。

「ねぇ、それで、うちにお泊まりにくるのはいつかしら」

「それがやっぱり無理そうで……両親がダメだって」

「女の子だけでパジャマパーティーをするだけよ。夜中じゅう、おしゃべりして……すっごく楽しいんだから」

本当におしゃべりだけかよ。レズビアンという噂《うわさ》が真実味を帯びてくる。桜井さんも、もっと強気に出てズバっと言えばよいものを。

「うーん……だめって言われてたピアスも開けちゃったし、ちょっと当分の間はムリです」

「でも、わたしの思惑通り、似合ってるわよ。とっても」

白魚のような手をすっと伸ばすと、桜井さんの耳朶を引っ張った。明らかに力が入っている。初めて白百合《しらゆり》の顔に表情が浮かんだ。しかし、それは猫が小動物をいたぶるような残酷な笑《え》みだ。桜井《さくらい》さんの顔が、痛みで歪《ゆが》んだ。さすがの俺も見かねて割って入った。

「やめろよ、いやがってんじゃねえか」

「そうかしら。わたしにはいやがっているようには見えないけど」

口元に笑みを浮かべたまま、目を細めて俺をねめつけた。蛇《へび》に睨《にら》まれた蛙《かえる》の気分はこういう感じなのだろうか。しばし俺を見つめた後、思いついたように言った。

「ああ、ひょっとしてアナタね、あの転入してきた1年生の兄って」

楓《かえで》ちゃんのことだろうか。

「それがどうしたんだよ」

こうなりゃ勢いだ。生徒会会長だろうが美少女だろうが、同じ高校生。どっちが偉いということはないはずだ。

「別に……でも、あの子は、期待外れでがっかりしたわ。みんなの目は誤魔化《ごまか》せても、わたしの目は誤魔化せない……」

白百合は不敵な表情を浮かべ、ニヤリと冷たく笑った。

「知るかよ。勝手に期待しておいて、がっかりしてんじゃねーよ」

俺がぼそりと呟《つぶや》く。

「なにアナタ、このわたしに、その口のきき方は」

白百合が牙《きば》を向いた。猫から虎《とら》へとメイクアーップ。

「宣戦布告？　ならばわたしも本気でいくわよ」

いや別に、俺は戦うつもりなんざ、はたからないし、むしろ関《かか》わりたくさえもない。

「第三次啓華《けいか》闘争ね。覚悟なさい」

闘争ってなんだ。60年代か。

「泣きを見るのはアナタよ……」

このわずか数分の間で無機質なビスクドールから、生臭《なまぐさ》く獰猛《どうもう》な生き物へと変化を遂げた白百合は、俺の椅子《いす》をガンと蹴飛《けと》ばすと桜井さんの手を取って無理やりに立ち上がらせた。

「ちょっ、どこ行くんだよ」

「うるさいわね、お退《ど》きなさい」

「……どけないね」

「それなら実力行使に出るのみ」

白百合はそのすらりとした脚を軽く振り上げると、まっすぐに俺の股間《こかん》へと振り下ろした。

「おわっぎぐぎぎぃ」

「うふふ、みっともない姿だこと」

モロに踵《かかと》がヒットし、床へ倒れ込み、呼吸困難一歩寸前でもんどりうつ俺に、冷笑をくれると、白百合は桜井さんを連れて教室を去っていった。

「ううっ桜井《さくらい》……」

桜井さんの表情は、助けを求めているように見えた。後にはなすすべもなく痛みに悶絶する俺と、あっけにとられた顔つきの舞《まい》と多賀雄《たかお》が残される。

「白百合《しらゆり》を怒らせてしまったでありますね。しかも、第三次啓華《けいか》闘争とは……忙しくなるであります」

舞が白百合の毒気を抜こうとするように人差し指でこめかみを揉《も》みしだきながら言った。

「美人が怒るとド迫力だよなー。でも、なかなか見れないからこれはこれで、得した気分」

多賀雄は相変わらず妄想炸裂《もうそうさくれつ》でやに下がっている。

俺はいまだ股間《こかん》ショックから完全に復活を遂げられないまま、どっと疲れを感じてお茶代わりのコーラを一口飲み、桜井さんの身の上を案じる。

「桜井さん、連れて行かれちゃったけど大丈夫かな」

「さすがに白百合も、学内でどうのという実力行使にはまだ出ないかと……まぁトイレに連れ込まれないという保証はできませんが。あっ、そーだ」

舞は、ふと思いついたようにててて、と自分の席へ戻ると分厚い手帳を持って帰ってきた。

「大城《おうじょう》クン、この舞データベースに第一次、第二次啓華闘争の情報がありますが、必要でありますか」

「第一次、第二次とかあるのかよ」

「そうであります。しかもこれはかなりのヤバネタ……でもこの情報があるとないとでは、今後の戦況がまったく変わってくるかと思いますが」

舞はページをぺらぺらと捲《めく》ると、神妙《しんみょう》に頷《うなず》いて言った。

「一応教えてよ」

「タダでは教えられませぬ」

うお。えげつない。この死肉を食らう禿鷹《はげたか》め。

「なんだよ、金取るのかよ」

「さすがの舞も、同級生から金銭は毟《むし》り取れません。1週間ほど、お弁当のおかずを分けていただければ」

「ああ、わかった。そしたらさ、明日からでもいいか。お前の分も作ってもらってくるから」

「おお、なんと太っ腹。そしたら、おまけにあの件も教えてしまうであります」

「なんだよ、あの件て」

「ちょっとここではアレなので……そうですな、新聞部の部室に移動するのはいかがでありますか」

俺は仕方なく一度広げた弁当を包みなおすと、多賀雄に断りを入れる。

「なんだよー。俺だけ仲間はずれかよー」

「いいえ、ええと」

「香本《こうもと》、香本多賀雄《たかお》」

俺は舞《まい》に小声で助けを出す。

「そう、多賀雄どのには重大な任務が」

「何なに?」

「えー、万が一のことを考えて、ここで桜井《さくらい》ひとみの帰りを待ち、戻り次第、舞のケータイに連絡が欲しいのであります、舞の番号は……」

「うひょおっ。何なに、舞ちゃん、俺にケータイの番号教えてくれちゃったりするわけー。ヤベー、初女子メモリ!」

たとえオタク女の舞でも、ケータイ番号を教えてもらえれば天にも舞い上がるがごとく喜べるとは、多賀雄ってやっぱりすげー。


新聞部の部室には先客がいた。女の子が2人、男が2人。皆、俺や舞よりもやや幼い顔立ちなので、おそらくは1年生だろう。椅子《いす》を持ち寄って車座になり、何やら楽しげに談笑している。清く正しい青春の見本のようだ。

部室は教室の半分ほどの広さで、鉛筆や消しゴミやカッターやコピー用紙が転がった作業机が6つほど置かれ、そのうちのふたつにはデスクトップのパソコンまで設置されている。

「あっ、先輩、部室、使います?」

痩《や》せて眼鏡《めがね》をかけたショートカットの女子が、舞の姿を見つけるなりそそくさと立ち上がった。

「うん、悪いけどいいかなぁ」

後輩にもごく普通のしゃべり方だ。なんでコイツ、俺と多賀雄の前ではあんな昔の兵隊的な言葉遣いなんだ。理解できん。

「大丈夫です。自分たちは、外行きますから」

さすが新聞部というべきか、かなり理知的な雰囲気なしゃべり方。語尾をだらりと引きずるように話す結《ゆい》に、爪《つめ》の垢《あか》を煎《せん》じて飲ませたい。

「ありがとうね」

舞も教室でのブンブン蠅《はえ》っぷりはどこへ行ったのか、先輩らしく妙に威厳のある態度だ。

「あれ、えっと」

男子生徒のひとりが俺の顔を見て、ぽん、と手を叩《たた》いた。

「あれですよね、楓姫《かえでひめ》の兄上」

皆の注目が俺に集まった。

「ええっ、ホントに？　似てないよですよね。お父様とお母様どっち似ですか」

「似てなくて良かったんじゃない。ところで、楓ちゃんのスリーサイズは」

「ああいう妹がいるのってどんな気分ですか」

　さっきまでのインテリな雰囲気はどこへ行ったのか、多重音声で責め立ててくる。さすがは舞《まい》の後輩だ。しかも1年若い分だけ余計にパワフルで騒がしい。

「あんたら、五月蝿《うるさ》いよ、もう」

　見かねた舞が諫《いさ》めたが、まるでおとなしくなる様子はない。メモ帳とペンを手に持ち、

「楓《かえで》ちゃんの家での様子を克明に教えてください！」

「好きな芸能人とかって誰《だれ》っすかね」

「パンツはいつもどのような素材と形のものをご愛用ですかね」

　口々にけたたましく迫ってくる。

「ちょっ、質問はみんなでひとつ。あと答えられないこともあるから。あくまでも常識的な質問で」

　どうにも収拾をつけないことにはしょうがない。俺が大声を張り上げると、4人は急に静かになり、顔を寄せ合ってこそこそと相談を始めた。

「悪いでありますな。うちの子たちは、ジャーナリスト魂がありすぎるほどある部分がありまして。楓ちゃんといえば今最も旬の女子。しかも転入してきたばかりで、あまり情報がないこともあり、ネタに飢えているのでありますっ」

　舞は後輩たちの好奇心旺盛《おうせい》な様子に、まんざらでもない様子だ。蝿の巣にわざわざ自分から足を踏み入れてしまったことに、俺は後悔を覚えた。

「決まりました！」

先ほどのショートカットの女子が手をあげると、一歩俺のほうへと踏み出した。

「えっと、大城《おうじょう》楓さんについて質問です。楓さんは彼氏がいますか」

「……いないと思うけど」

とたんに後輩連中から、わっと歓声があがった。

「よかったじゃんー」

「がんばって告《こく》ってみろよ」

「いけいけ竹内《たけうち》ー」

メンバーの中のひとりの男子に向かい、代わる代わる祝辞を述べ始めた。

どう贔屓目《ひいきめ》に見てもジャーナリスト魂ではなく、この癖《くせ》っ毛の男——竹内とやらが、楓ちゃんのことが好きで、彼氏の有無を、俺に尋《たず》ねたようにしか思えない。

隣の舞の顔色を窺《うかが》うと、さっきまでの誇らしげな態度はどこへいったのか、気まずそうな顔をしている。そりゃそうだよな。

「用事が終わったらさっさと出て行くっ」

告白のシチュエーションについて相談を始めた後輩たちに業を煮やしたのか、舞が大声で叫んだ。

それを合図に、１年坊主４人は立ち上がると、きゃっきゃ言い合いながらドアへと向かう。

「ではお先っす。では、お兄様も」

と、竹内《たけうち》とやらはご機嫌の様子だが、残念ながら楓《かえで》ちゃんは、体は男だし、心はレズだ。君にチャンスはない。あきらめたまえ竹内くん。

皆が出て行ったのを確認すると、

「さて、本題に入るでありますか」

すっかりいつもの口調に戻った舞《まい》が振り返って言った。

「えっと、啓華《けいか》闘争……だっけ」

「そうであります」

舞は、手を後ろ手に組んで、部室内をうろうろと歩き回ると、壁に備《そな》え付けられたホワイトボードに大きく『第三次啓華闘争』と書いた。

「昼休みもあと20分しかないから手短に済ませるでありますよ」

俺はこくりと頷《うなず》く。

「第一次啓華闘争は2年前のこと。白百合《しらゆり》が入学してすぐのことであります。これは有名な事件だから、大城《おうじょう》クンも耳にしたことがあるのではないかと」

「あーなんかアソコをアイスピックで刺したとかいう」

「そうです。あれが第一次啓華闘争であります」

なんだ。それならどメジャー中のメジャーな話じゃないか。

「でも、一般に流通している話は本当は嘘《うそ》なのであります。真実は別」

舞は、くるり、と振り返ると、眉間《みけん》に皺《しわ》を寄せた。

「最初に不良生徒を誘惑したのは白百合なのであります」

「ええっ、だって噂《うわさ》じゃあ、不良が白百合に目をつけたことになってるじゃないかよ」

「白百合は権力を求める女であります。しかし1年では、生徒会長に立候補は無理。表から支配できなければ、裏から。学校を牛耳《ぎゅうじ》るものをコントロールすれば……」

「自分が学校を牛耳るのと同じ？」

「ご名答であります」

舞が両手をぱちぱちと叩《たた》いた。

「でも、アイスピックなんかで刺しちゃったら、普通は傷害事件扱いだろ。それじゃあ台なしじゃないか、なんで白百合は退学になってないんだよ」

「だから、あれは嘘なのであります。真実は……白百合は、自分の体を与えるフリをして、相手をすっかりマゾヒストにと調教してしまったらしいのです。それでプレイの一環で、アイスピックでアソコにピアスを開《あ》けたっていうのが一部伝わり、尾ひれがついた伝説になっていると」

マゾだとか調教だとかっていうのも、俺みたいなフツーの高校生にとっては十分に大げさな話なのだが。しかしなんだ、あれか。白百合は紫《ゆかり》さんと同じ人種ってことか。ずいぶんと雰囲気は違うけど。

「で、第二次啓華《けいか》闘争はなんなのさ」

「覚えていないでありますか。去年の校内選挙のときの事件」

「えーと、なんだっけ」

「白百合《しらゆり》の対立候補がいたかと」

「ああ。あの痴漢《ちかん》男か」

生徒会長に立候補した白百合の対立候補の男子生徒が、選挙活動中に、何を血迷ったか通学の電車の中で、女子生徒の尻《しり》を触ったとかで、警察に補導されるという事件があったのだ。

「あれは、ずばり冤罪《えんざい》であります。白百合が自分の取り巻きの女の子にやらせたというのが真実。痴漢は、被害者が触られたと言い張れば、それまで。でも、うちの新聞部は彼の独占告白を取り、陰謀だと白百合を告発するつもりだったのであります。しかしながら、後は刷るだけという段階で、冤罪の彼に、白百合から圧力がかかり、突如《とつじょ》、刊行は取りやめてくれということになってしまったのです。さらにその上、新聞部を廃部にするとまで脅《おど》されて、すべてがパーに。まことに遺憾《いかん》ですが、ジャーナリズムに殉《じゅん》ずる気概《きがい》なんて、媒体あってのものということも事実」

「でもって、第三次のターゲットは俺？　つうことは調教されたりとか痴漢冤罪掛けられたりするわけかよ」

俺はうんざりとして天井をあおいだ。冗談じゃない。豚さんみたいになれる自信なんて俺にはないぞ。

「それはわからないでありますます。でも、あくまでも大城《おうじょう》クンの発言はひとつのきっかけでしかないのも事実であります。実はずっと白百合はキナ臭《くさ》い動きをしていることも調査済み。それが、『あの件』なのです」

「あの件って」

舞《まい》は俺にぐい、と顔を近づけると声を潜《ひそ》めた。

「うちの学校の女子生徒の盗撮映像がときおり、ネットにアップされている事件を、ご存じでありますか」

舞の顔は、わずか10㎝ほどしか離れていない位置にある。……こいつ、近くで見ると肌とか綺麗《きれい》だ。石鹸《せっけん》のいい匂《にお》いまでする。ってなんでこんなオタク女にときめいたりしてるんだよ、俺。ありえねー。

「あーなんとなく噂《うわさ》では」

俺は意識して顔を背《そむ》けながら言った。しかし、そんな俺の不本意なトキメキなどまるで気がついていない舞は、さらに体を近づけ、手帳を開くと指差した。

「このリストと、こっちのリスト、共通点があるとは思いませぬか？」

手帳の右には８人、左には３人の女の子の名前が羅列してある。

「右のリストに載《の》っているのに、左のリストにはない女の子がいるね」

「ご名答であります。この右のリストは、この1年ちょっとの間に、白百合《しらゆり》がモーションをかけた女の子。左のリストは、ネットに盗撮映像がアップされた女の子。これをいかに思いますか」

「どうって……じゃあ、犯人は白百合?」

「そうであります。右のリストにあって、左のリストにない女の子は、脅《おど》された挙《あ》げ句《く》、白百合の毒牙《どくが》にかかり籠絡《ろうらく》された女子、いわゆる現白百合会のメンバーであります。白百合の狙《ねら》いは、この白百合会のメンバーを増やし、おそらくは卒業後も、自分の生贄《いけにえ》となる女の子が次々にあがってくるシステムを構築することであります。で、今の状況は、というと」

舞《まい》は手帳に差し込んだペンを抜き取ると、右のリストに名前を書き足した。

「……桜井《さくらい》」

「おそらくうちのクラスの体育の着替えを狙《ねら》ってカメラを仕掛けているはずなのであります。ずっと探してるけど、まったく見つからず……それを見つけることさえできれば、この不埒《ふらち》な悪行と、白百合会の勢力拡大を阻止でき、我が新聞部は大スクープという大団円なのですが」

「桜井に言わなきゃ」

「無駄であります。あのオンナは、八方美人でありますから」

「八方美人ってなんだよ。みんなに分け隔《へだ》てない態度を取ってるだけだろ? それに、どうにかしないと、桜井さんが白百合の毒牙にかかっちまうだろうがよ」

「だからセットされたカメラもしくは編集前の元データを見つけ出すしかないのであります」

予鈴が鳴り響いている。舞は踵《きびす》を返すとつかつかとホワイトボードに近寄り、文字を消した。

「んなこと無理じゃんかよ」

「でもなんとかするしかないのです。というわけで、舞ができるのはここまで。ご自分の身の上の心配と桜井ひとみの対処は大城《おうじょう》クンに任せるであります。あと、明日からお弁当にはピーマンは入れないでいただきたいので、それもあわせてよろしくであります」

よろしくって……なんで俺がこんな目に。鉛《なまり》のように重い心を抱え、新聞部を後にした。


最悪な気持ちのまま、なんとか6時限目までの授業をこなした。唯一の救いは、昼休みの終わりに、桜井さんが教室へと戻ってきたことだ。

授業が終わった後、何があったのかと尋《たず》ねたが、首を横に振るだけで何も答えてはくれなかった。しかし顔色が悪く、覇気《はき》もない桜井さんの様子を見ると事態が何かしら悪化したことだけはわかった。

沈鬱《ちんうつ》な気持ちを抱えたまま家に帰ると、紫《ゆかり》さんがリビングルームで体操のようなことをしていた。しかもなぜか……黒いエナメルのボンデージスーツを身につけている。

「いったい何をしてるんですか」

俺は鞄《かばん》を降ろしながらあっけに取られて言った。

「ああ、三点倒立の練習をしようかと思って。よっ」

紫《ゆかり》さんは頭を床につけると勢い良く足を振り上げた。

「いったいなんのために？」

「ウッ」

どす、と音を立てて紫さんが崩れ落ちた。したたかに背中を床に打ち付けて痛そうに蹲《うずくま》り、唸《うな》っている。

「だ、大丈夫っすか、紫さん」

「大丈夫です。これくらいのことで痛がっていたらM男さんたちに笑われます」

紫さんはもう一度、頭を床につけると、三点倒立を試みて、案の定、またもや失敗した。

「っていうか、ヨガマットでも買ってきて、床に敷いて練習したほうがいいですよ。あと、格好ももっと動きやすいジャージとか」

「違うんです。それじゃあダメなんです。この格好でやることに……きゃあっ」

懲《こ》りずにどすりと崩れ落ちて、その振動で観葉植物の葉がゆらゆらと揺れた。

「で、なんで三点倒立なんですか」

俺はせめてもと思い、ソファーのクッションをさっきから紫さんが背中を打ち付けている辺りに移動させて言った。これで少しはぶつけたときの衝撃が減るだろう。

「M男さんのリクエストです」

「は？」

「ご新規の方なんですけど、なんでもそういう芸をなさる女王様がテレビに出ていたのを見て、SMに目覚めたらしいんです。それはいいんですが、その女王様は、最近は、その芸をまったくしなくなってしまったらしくて……でもその方のフェティッシュの目覚めは、三点倒立での開脚ポーズなわけです。そのポーズを取りつつ『キエーッ』って叫んで欲しいとわたくしのほうにリクエストが来て」

「……その人は女王様じゃなくって、芸人だと思いますよ？」

「芸人だろうがなんだろうが関係ないんです。先回りのS、待ち続けるMなんです。Sのほうで、ちゃんと先回りして、ご要望にこたえるプレイをできるようにしておかないと、Mはいつまでも、待ち続けることになってしまいます」

「なんか大変ですね」

俺はふと、白百合《しらゆり》のことを紫さんに相談するのはどうかと思いついた。白百合もSだというし、紫さんのアドバイスは、事態を脱却するヒントになるのではないか。

いや、しかし。親にチクるのは、男子高校生として、完全に情けない。小学生の喧嘩《けんか》でも、チクりは最低だと言われていたはずだ。

思い直した俺は、紫さんの三点倒立を手伝うことにした。

紫《ゆかり》さんは運動神経のほうはカラッキシらしい。俺が両足を持って手助けをしても、なかなかバランスが取れずに崩れ落ちてしまう。それでもめげずに練習を続ける紫さんは真面目《まじめ》だ。

こういう女王様相手だったら、きっとプレイしてても楽しいんだろうな。

って待て。俺、今、何を考えた。プレイとかって親父《おやじ》の再婚相手に向かって何を考えてるんだっつーの。

「ずいぶん熱心ですねー」

楓《かえで》ちゃんが玄関のほうから姿を現した。

「お帰り」

紫さんの両足首を支えながら振り返ると、楓ちゃんは気のせいかすっきりした顔をしている。

「なんか機嫌良さそうだねー」

「そうでもないですけどー。ちょっと心境の変化があったんです」

楓ちゃんは、ソファーに腰を降ろすと、脚をブラブラとさせながら言った。

「楓は、男だということを学校でカミングアウトしようと思います」

「は？」

驚きのあまりに思わず両手を離してしまった。

「ギエーッ」

と叫び声をあげ、どたりと紫さんが床へと倒れ込む。

「うわ、紫さん、ごめんなさいっ」

「だ、大丈夫ですわ」

紫さんは後頭部を抱えて起き上がると、楓ちゃんに向き直った。

「本当なの、楓」

「はい、決めました」

「楓が決めたなら、お母さんはとことん応援しますよ」

紫さんはあっさり納得した。

「ちょ、ちょい待ってよ。俺の意見は無視かよ」

只《ただ》でさえ問題が山積みだというのに、これ以上、増やされたら俺はもうパンクだ。

「……哲太《てつた》お兄ちゃんは反対ですか」

「反対っていうかさ、なんで今言うかなー、みたいな」

「じゃあ、いつ言えばいいですか」

「それはわかんないけど」

今日、学校で見た竹内《たけうち》くんとやらの顔がカットバックする。ああいう風に楓ちゃんに思いを寄せている男はわんさかいるはずだ。それが男だったと告白したら？　学校は大混乱だろう。

それに、楓ちゃんの友人たちはどう思う？　今まで女の子だからと思って打ち明けたこともあるだろうし、一緒にトイレに行ったりもしているはずだ。それが男とバレたら……いくら中身は女といえども、今まで通りに付き合えるものか。下手をしたらなぜ黙っていたと俺までもが責められる可能性だってある。

「とにかくやめてくれよな」

楓《かえで》ちゃんは、まるで迷子のような顔で唇《くちびる》を噛《か》んだ。すると、

「なーに、騒いでんのよ」

俺の声を聞きつけたのか、結《ゆい》とラブちゃんがどたどたと床を踏み鳴らしながらリビングルームへと現れた。いったい何事なのか、ふたりして黄色とピンクという色違いのスパンコールのついたショートパンツに白いタンクトップ、首にはショートパンツと同布のスカーフを巻き、頭の上には白ふちのでかいサングラスを乗せている。ラブちゃんに至っては、金髪のウィッグまでしている気合いの入りかただ。

「なんなんすか、それ」

「あー、あたしたち？　うちのお店の5周年パーティーでユニット組んでパラパラ踊ろうって話になって、衣装合わせしてたのー」

ラブちゃんが80年代アイドルのようなぶりっこポーズをとって言った。

「でー、なんか揉《も》めてなかったぁ？」

楓ちゃんは俯《うつむ》いたままだ。代わりに紫《ゆかり》さんが答える。

「楓が学校でカミングアウトしようかって」

「ゲ、マジ？　やめときなさいって」

結までも楓ちゃんのカミングアウトに賛成ということならどうしようと思ったが、どうやらこの様子では俺の味方に回ってくれるようだ。

「だよなー。だってそんなこと告白したら、学校は大騒ぎだぜ。俺まで変な目で見られたらたまったもんじゃないつーかさ」

「そんなことで反対してるんじゃないわよ」

結が軽蔑《けいべつ》を込めた眼差《まなざ》しで俺を見つめて言った。

「楓が傷つくのがイヤだからやめろって言ってんの、アンタの保身と一緒にしないで」

「じゃあ、俺の立場は？」

「立場立場ってアンタ政治家？　家族なんだから楓のことを一番に考えてあげなさいよっ」

結が激昂《げきこう》した。なんだよ、それ。

「そっちこそ楓、楓って俺の心配はゼロかよ。勝手に俺の家に来て、生活を引っ掻《か》き回して。何が家族なんだよ、血だって繋《つな》がってないのに」

結はあっけに取られた顔で、口を噤《つぐ》んだ。楓ちゃんは、俯いたまま、肩を震《ふる》わせて声を出さずにしゃくり上げている。

最悪だ。なんかわからないが最悪だ。学校でも最悪だし、家でも最悪とは。今日の牡牛座のO型の運勢は12星座×血液型4タイプの中で最低なんじゃないだろうか。

鋭い眼光で空を睨《にら》んでいた紫《ゆかり》さんが口を開いた。

「哲太《てつた》さん、血なんて繋《つな》がっていなくても、家族になんてなれるのよ」

「……なんすか、それ。わかんないっすよ」

本当はわかっている。楓《かえで》ちゃんのセクシャリティーであれ、俺たちの家族の形であれ、誰かが与えてくれるモノではない。だから、努力して意識して形づくらなければいけない。楓ちゃんが女の子として生きるために、努力をするように、俺たちはきっと、家族になる努力をしなければならないのだ。

しかし俺は振り上げた拳《こぶし》をどういうふうにすれば降ろすことができるのかわからない。どうしてこんなときに紫さんは叱《しか》ってくれないのか。頼むから紫さん、叱ってくれ。お仕置を望む人たちの気持ちが少しわかったような気がした。

この場からどうやって逃げ出せるのか悩んでいると制服のパンツの後ろポケットがブルルと震《ふる》えた。携帯の着信だ。液晶画面には知らない番号が浮かんでいる。少し悩んだ挙《あ》げ句《く》、俺はその場で通話ボタンを押した。

「もしもし」

「もしもし、舞《まい》であります。事件でありますっ」

「あー、どうした。込み入った話なら、ちょっと後にしてくれないかな」

鉛《なまり》のように沈み込んだ部屋の空気の中で、俺の言葉だけが空虚《くうきょ》に響く。

「無理であります。もう一刻の猶予《ゆうよ》もないのであります。やられてしまいました。ネットに桜井《さくらい》ひとみの盗撮動画の犯行予告が……」

「……マジかよ」

おそらく、今日の昼休み、桜井さんはその映像の存在を知らされたに違いない。そして、それをネタに脅され、それでも白百合《しらゆり》の誘惑には乗らなかった。業を煮やした白百合はついに最終手段に出たのだ。

後頭部に鈍器で殴られたかのような衝撃が走った。今日はおそらく俺史上最悪の日に違いない。

聖母の抱擁のS、魔女のたくらみのM。

不幸というものは突然襲《おそ》い掛《か》かってくる上に連鎖するらしい。翌日、俺はそれをいやというほど噛《か》み締めることになった。

教室に入ったときに何か空気がおかしい気がした。しかし、昨晩ほとんど眠れなかった俺は、すぐにそれを察知することができなかった。

「おはよー」

朝から漫画誌のグラビアを眺《なが》めている多賀雄《たかお》に声をかけると、少しの間、考え込んだ後、「おはよう」と返事が返ってきた。しかし、なぜか俺と目を合わさず、気まずそうにしている。

「どうした。なんかお前、よそよそしくないか」

「いや、別に普通だけど」

と言いながらも、やはり見えないバリアを張っているように思える。

俺、多賀雄を怒らせるようなことなんてしてないよな。

納得できないまま自分の席へと向かう。桜井《さくらい》さんは、まだ来ていないようだ。舞《まい》が慌てて近寄ってきた。

「なんで舞に、教えておいてくれなかったでありますかっ」

「あ？　何をだよ」

「楓《かえで》ちゃんのことであります」

「楓ちゃん？　……まさか」

舞はやはり、という顔で俺を見つめ返す。

「もう、超噂《うわさ》も噂。チェーンメールみたいにして回ってるのであります。これが、舞のところへ来たヤツでありますが」

「ちょっと見せて」

俺は舞から携帯を取り上げると、液晶に映った文字を追う。

『コレ、まじっすかね。マジなら俺泣きますよ(＼_・。)　啓華《けいか》高校1年ノ大城《おうじょう》楓八実八男。嘘《うそ》ダト思ウナラ、パンツヌガセテミロ』

「なんだよ、これ」

「舞に怒られても困るのであります。これは、うちの部の竹内《たけうち》から転送されてきたヤツでありまして、この様子では、1年生の間では、かなり噂になってると思われます」

「ちょっと俺、楓の様子、見てくるわ」

教室を出ようとすると、クラスの女子のひとりに呼び止められた。たしか丘田《おかだ》だか丘野《おかの》だかいう名前だったたと思う。

「ねーねー。大城くんの妹って、実は男の子だったんでしょ。だから正しくは弟さんになるのか」

「それが何。ちょっと今、急いでるんだけど」

俺はイラつきながら黒板の横に掛けられた時計を見る。あと5分足らずで始業の時間だ。

「なんかねーそれは別にいいんだけどー。別のクラスのあたしの友達が先週、盗撮映像をネットに流されてさぁ、男子で堂々と女子更衣室に入れるのって大城《おうじょう》くんの弟だけでしょ？　ちょうど転校してきた頃《ころ》だし、関係ないのかなーって」

「関係ねーよ」

まだ何か話したそうな丘《おか》なんとかを半ギレで振り切り、俺は廊下へと向かったそのとき、夏《なつ》ちゃんが教室へと入ってきた。

「はーい、着席ー。３秒以内に着席しないと出席簿の角《かど》でゴーンでーす。さんーにーいちー」

「夏ちゃん、ちょい、ちょい、俺」

「ちょいはありませーん、すぐさま着席。でないと出席簿アタックですよー」

俺はしぶしぶ席へとついた。まぁ、今、楓《かえで》ちゃんのもとへ行ったところで、何ができるわけでもないし。

「では出席を取りまーす。えー赤井《あかい》さん、井上《いのうえ》くん」

夏ちゃんは教卓の横に立ち、片肘《ひじ》をつきながら名簿を読み上げる。今日は珍しく白いスーツ姿だ。デートの予定でもあるんだろうか。しかし、スカートの中心部、ちょうど股《また》の辺りに、うっすらと黒い影が映っているのは、なんだろか。まさかとは思うが、どう見ても下着が透《す》けてしまっているようにしか見えない。

俺は慌てて斜め後ろの多賀雄《たかお》に合図を送る。しかし多賀雄は、上の空という様子で、頬杖《ほおづえ》をついたままぼんやりと宙を見つめている。

やはり何かおかしい。

色事には目ざとい多賀雄が、あのパンツの透けに気がつかないわけがない。気づいていないということは、よっぽど他《ほか》の何かに気を取られているということか。

「こら、大城くん、どこ余所見《よそみ》してるの」

夏ちゃんが眉間《みけん》に皺《しわ》を寄せて俺に注意を放つ。すると教室のドアが開き、桜井《さくらい》さんが入ってきた。

「こら、桜井さんは遅刻ね」

「ごめんなさい」

桜井さんはぺこりと頭を下げると、無表情のまま着席した。犯行予告が出されたことには、気がついているのだろうか。ポーカーフェイスからは窺《うかが》うことができない。

１時限目が終わると、桜井さんはさっさと教室から出て行った。いつもと違う行動パターンだ。俺は楓ちゃんの様子を見に１年の校舎に行こうとすると、舞《まい》が近づいてきて言った。

「ヤバいでありますよ。１年の楓ちゃんの教室。楓ちゃんをひとめ見ようと大混雑。まるで客寄せパンダで、近づくこともできない様子だそうです」

「マジかよ」

俺は泣きたい気持ちになりながら、多賀雄《たかお》を捜す。いつも休み時間には、俺の席に必ず来て馬鹿話《ばか》を始める多賀雄が、今日は自分の席に座ったまま漫画を読んでいる。やっぱりおかしい。もっとも多賀雄だけでなく、クラス中が俺を敬遠しているようにも思える。親しく話しかけてくるのは舞《まい》だけだ。

「あと、もうひとつご報告が。例の盗撮の犯人が一部では楓《かえで》ちゃんの仕業という噂《うわさ》が流れているであります」

「は？　なんでだよ」

思わず大声で聞き返すと、クラス中がしんと静まり返った。皆、雑談したりゲームしたり携帯メールを打ったりしながらも俺の動向を窺《うかが》っていたらしい。

「なんだよ、それ。そんなわけねーじゃん。だって盗撮うんぬんの被害が出てたのは、楓が転校してくる前からじゃねーかよ」

慌てて声を潜《ひそ》めた。

「それはそうなんでありますが。舞の予想だと、おそらく白百合《しらゆり》が噂《うわさ》を先導しているのではないかと」

舞は気の毒そうに眉間《みけん》に皺《しわ》を寄せる。

「くっそ」

クラスのみんながよそよそしいのは、それが理由か。多賀雄もそれを信じて俺と疎遠にしているのか。俺はいてもたってもいられずに、立ち上がると多賀雄のもとへと向かう。

「ちょい、いいかな」

俺が机のそばに立つと、多賀雄は顔を上げ、またすぐに読んでいた漫画雑誌に視線を戻した。

「ちょい顔貸して」

「ここじゃダメなのかよ」

あくまでも多賀雄の態度はかたくなだ。俺はあきらめて、まわりの野次馬たちの好奇心を満足させてやるものかという意地で、なるべく小さな声で囁《ささや》いた。

「……なんかお前、誤解してない？」

「何が」

「楓ちゃんのことだよ」

多賀雄はふう、と大げさなため息をつくと、俺に向き直った。

「誤解してんのはお前のほうだろうよ。俺が怒ってるのはだな。お前がなんにも話してくれなかったからだよ。そりゃ、楓ちゃんの意向もあるだろうけどさ、でも、俺はお前の親友なんだぜ。秘密主義もいいけど、ちょっと寂《さび》しいなって思ったんだよ」

「……多賀雄」

俺は不覚《ふかく》にも感動してしまった。いや、別に不覚ではないんだけど。

「つうわけで、まだ秘密とか悩みとかがあるんだったら、俺に話してくれよ。あんまり力にはなれないけど、ちったぁ心が軽くなるだろう」

「お前、ただのスケベかと思っていたら、イイ奴《やつ》だったんだな」

「スケベは余計ですー。って、あれ、なんだ？」

多賀雄《たかお》が窓の外を指差した。するとそこには……。

「紙？」

舞《まい》が窓辺へといち早く駆け寄り、身を乗り出して落下物を1つ掴《つか》んだ。

「うわ」

舞は小さく叫《さけ》ぶとそれを持ったまま、俺と多賀雄のもとへと駆け寄ってくる。

「これ」

差し出されたそれを受け取った。ただの紙だ。しかし字が書いてある。

『**啓華《けいか》高校1年ノ大城《おうじょう》 楓《かえで》八実八男。嘘《うそ》ダト思ウナラ、パンツヌガセテミロ**』

メールと同じ文章だ。パソコンで打ち出した無機質な文字が余計に不気味《ぶきみ》さを醸《かも》し出している。

「あの白百合《しらゆり》のやろう。俺、やっぱ楓ちゃんとこ行ってくるわ」

休み時間はもう5分もない。俺は慌てて教室を飛び出した。

1年の校舎は確かに酷《ひど》い有様だった。さっきのビラで余計に野次馬が増えたことは間違いないが、1年はもちろん、2年、3年までもが、教室の窓から廊下から楓ちゃんを覗《のぞ》いていた。

「超可愛《かわい》いのにもったいないよなぁ」

「トイレはどっち使ってたわけぇ」

「ていうか一緒に更衣室に入りたくないよね」

「つーか俺ら騙《だま》されてたってことっしょ、ありえなくね」

「そーゆー人、ナマで初めて見たしー」

「誰《だれ》かパンツはいでみろよー」

「つうか、盗撮の犯人はあの子だって噂《うわさ》」

俺はなんとか野次馬の間を掻《か》き分けて楓ちゃんの教室へと向かう。

「楓ちゃん」

ようやく入り口へとたどり着くと名前を呼んだ。

「哲太《てった》……クン？」

いつもは哲太お兄ちゃんと呼ぶ楓ちゃんがあえてクン付けにしたのは、ギャラリーに俺を兄弟とわからせないための心遣いだろう。こんな健気《けなげ》な妹に対して、俺は昨日酷《ひど》いことを言ってしまった。

「楓《かえで》ちゃん、ごめんな。自分からカミングアウトしていたら、こんなことにはならなかったよな」

楓ちゃんは首を横に振ると笑顔を作って言った。

「ううん、最初に女の子だって偽《いつわ》ったのは楓だから。中身は女の子だから嘘《うそ》ではないんだけど。それで、お母さんが呼び出されて今から学校に来るって」

「紫《ゆかり》さんが?」

楓ちゃんはこくりと頷《うなず》く。

紫さんが来る。なぜか少し不吉な予感がするのはなぜだろうか。ぶるっと体が震えた。寒気かと思ったらケータイのバイブだった。相手は舞《まい》だ。このタイミングではいい話のはずはない。慌てて受信ボタンを押すと慌てふためいた舞の声が流れ出してきた。

「大城《おうじょう》クン、今、教室に白百合《しらゆり》が来て、桜井《さくらい》ひとみをさらって行ったでありますー」

闇雲《やみくも》に校内を走り回ってみたが、白百合の姿はまったく見当たらない。

「どこにいるんだよ、桜井」

俺が泣きそうになっていると、携帯が震《ふる》えた。

『一旦《いったん》、新聞部の部室に集合。作戦会議だと』

多賀雄《たかお》からのメールだった。新聞部ということは舞もいるのだろう。俺は教師に見つからないよう、抜き足で廊下を走った。

「楓ちゃんは、どうだったでありますか」

舞がパソコンをかちゃかちゃといじりながら言う。

「どうってまぁ、自分が悪いって言ってた」

「くー、健気《けなげ》だなぁ」

多賀雄が身悶《みもだ》えながら言う。俺は、ようやく戻ってきたいつも通りの空気に安堵《あんど》しながら、空いている椅子《いす》に腰を降ろす。

「このページであります」

舞がモニタを指差していった。

「啓華《けいか》高校学校裏サイト」

「へーうちの学校にも裏サイトなんてあったんだ」

多賀雄が感心したように覗《のぞ》き込んで言った。

「ここの掲示板に犯行予告が書き込まれたのであります」

「ああ、ホントだ」

S井Hとみの盗撮着替え動画アップ予告、と書かれている。

「でも……腑《ふ》に落ちない点があるのです。おかしいのは、予告があったということ。今までは予告などされたことはなかった。流されて初めて、誰《だれ》の動画かわかったのであります。なのに今回の桜井《さくらい》ひとみに関しては、パターンが違う」

「どういうことだよ」

普段あまり頭を使っていないので、どうにも理解ができない。助けを求めるように多賀雄《たかお》に視線を送ると、やはりわからない、というふうに首を横に振った。

「あくまでもこれは舞《まい》の推測でありますが、ずばり、白百合《しらゆり》の目的はもはや桜井ひとみから、大城《おうじょう》クンへと移っているのではないでしょうか。白百合会の勢力拡大作戦は一時ストップして、大城クンを貶《おとし》めることが、もはや第一の目的であります。そのために、まずは楓《かえで》ちゃんが犠牲になり、さらには桜井ひとみも。大城クンの大事な人を傷つけて、じわりじわりと蛇《へび》の生《なま》殺《ごろ》しというヤツであります」

俺は白百合のまるで暗渠《あんきょ》のような瞳《ひとみ》を思い出しながら小さく震えた。

「嫌な女だな、白百合って」

「まぁ嫌な女といえば、桜井ひとみもでありますが」

「ちょっ、なんで桜井が嫌な女なんだよ」

舞は呆《あき》れた顔で俺を見返すと脱力のため息をついた。

「桜井ひとみは、たしかに被害者であります。でも見方を変えれば加害者でもあるのであります」

「意味がわかんねーよ」

多賀雄も頷《うなず》いて俺に同意している。

「元はといえば、ひとみが八方美人をして、白百合先輩との先約を破り、大城クンの家に遊びに行ったせいで、プライドをいたく傷つけられた白百合先輩が怒ったのではないかと。恋人が浮気をした場合、男子は恋人を怒り、女子は、恋人の浮気相手を恨むという定説があるのです。今回のケースはまさにぴったり。白百合先輩は、八方美人のひとみではなく、ひとみにいい顔をされた大城クンに嫉妬《しっと》したわけです。さらに言うとですね、ひとみは、人を翻弄《ほんろう》して楽しんでいるところも見え隠れします。なので、わざと、白百合先輩の約束を破って、大城クンの家へ行ったような気もしておりますが」

「なるほどー。すげーなお前」

多賀雄は無邪気に崇拝《すうはい》の眼差《まなざ》しで舞を見つめている。

「白百合うんぬんは理解したけど、桜井がわざと翻弄っていうのはないね。最近桜井とよく話すようになってわかったけど、あの子は、悪気なんてない、本当に純粋無垢《むく》な女の子だと思う。人を翻弄してどう、とかは、可愛《かわい》い桜井に対するお前の嫉妬じゃねーのかよ」

俺はむっとしながら舞に言った。

「バカは言わないで欲しいのであります。舞は女である前にジャーナリスト。そこには私怨《しえん》などは入るはずがないのであります」

舞は鼻で笑うとおでこの上あたりに手をやり、敬礼のポーズを作って続ける。

「しかし、嫌な女であろうとも、見殺しにはできません。白百合《しらゆり》を捜しに行きますぞ！」

――午前10時45分　啓華《けいか》高校教頭室。

「まぁ当校といたしましては、楓《かえで》さん……いや、楓くんの事情はともかくといたしまして、問題になることが問題といいますか、問題があること、それゆえ学内のですね」

壮年の男性――啓華の教頭である中江《なかえ》が、意味のあるようでまったくない言葉を、繰り返している。

紫地に白い芙蓉《ふよう》の描かれた着物を着た紫《ゆかり》と、騒動の中心人物として問題視されている性同一性障害の息子・楓《かえで》は、茶色い合皮のソファに腰掛けて、もう30分以上もこの教頭の話を聞かされていた。

早く終わらせてくれないかしら。紫は欠伸《あくび》を噛《か》み殺しながら思う。女装をするなら女子生徒ということで学校に通ってはくれまいか、と最初に提案をしたのは、この教頭だったはずだ。なのに、ことが発覚して大事になったらこのあり様。

ああくだらない。紫はもうひとつ欠伸を噛み殺すと、窓の外にぼんやりと目をやった。

体育の授業だろうか。白い体操着に臙脂《えんじ》色のジャージを着た生徒たちがバレーボールに勤《いそ》しんでいる。耳を澄ますと、聞こえてくるのは生徒たちの歓声と嬌声《きょうせい》。音楽室から洩《も》れるピアノの旋律《せんりつ》。教室から洩れるざわめき。

紫が懐かしい学び舎《や》の雰囲気に浸《ひた》っていると、嗅《か》ぎなれた整髪剤の匂《にお》いがぷんと匂った。紫は廊下側の扉へと視線を移す。ちょうど逆光になり、今しがた入室してきた男の表情は読み取れない。ただシルエットだけだ。

男は教頭に向かい、知性溢《あふ》れる柔らかな口調で言った。

「ちょっと落ち着きなさい、教頭先生。とりあえず、ジョウオウ、じゃない、オウジョウさんの話を聞こうじゃないか」

――同時刻。

だらしなく第2ボタンまで開《あ》けたシャツに緩《ゆる》めたネクタイ、パンツすれすれのスカート。白いニーハイソックスに黒いピンヒールという洋モノのポルノ的に制服を着崩し、金色巻き髪の頭にはご丁寧《ていねい》にベレー帽まで被《かぶ》った結《ゆい》と、ボーズ頭に無精髭《ぶしょうひげ》という数十年ほど昔の体育会系大学生のような、学ラン姿の通称、ラブ・キャンディッド・ドロップスこと、権河原勲《ごんがわらいさお》は、こっそりと啓華《けいか》生徒会室へと忍び込んでいた。

「ちょいちょい、ラブちゃん、そこにもたれてみてー、そうそう。もっとお尻《しり》を突き出す系で。おーっ、いいねいいねー、せくしーですよー」

「いやあん、照れちゃうわぁ」

「いやー、その照れた表情もいいですよー。はーい。口を半開きにしてアへ顔くださーい」

「どうしようー。このあたしの痴態をモデルにした漫画を読んで、世の中の殿方がオナっちゃうだなんて想像するだけで、興奮ー」

「いやー。残念ながら、結《ゆい》の読者層は9割が腐女子貴腐人の皆様ですからねー」

「いやーん。あたしジャニ系男子がいいのにぃ」

結はデジタルカメラを構え、次々にポーズの指示を送る。

新作漫画の舞台は高校で、生徒会長（♂）と副会長（♂）と体育教師（♂）との三角関係のストーリーである。取材をかねて、啓華《けいか》高校へと忍び込んでいるのだった。

「つうか、ラブちゃん、なんで生徒会室の鍵《かぎ》とか持ってるわけー」

「あたし、昔この学校の生徒だったのよー。でー、当時の彼氏が生徒会役員だったこともあったわけー、で、逢引《あいびき》はいつも生徒会室で、よくあんなことやそんなことを……あぁーん、懐かしくて先っぽから涙が出ちゃいそう！」

「うわー爛《ただ》れた青春！」

「爛れてなんてないわよー。だいたい、あたし、柔道部で期待のエースだったんだからー。オリンピックも夢じゃない、とか言われちゃってさ」

「なんで辞めちゃったのー。柔道なら寝技で男子と超接近できてオイシイじゃないですか」

「それがねー聞くも涙、語るも涙よ。ああ、あたしもう泣けてきた……」

「おおっ、泣き顔もいいねーっ。使える使える、もっと遠慮なく泣いちゃってー」

「あれよ、あたしがゲイに目覚めたのはね、高校2年生のちょうど今頃《ごろ》の時期だったわけ。選手としても脂《あぶら》が乗りまくってて向かうところ敵なし、だったんだけど……」

「だけどどうしたー」

「最初は確かにね、あたしもラッキーって思ってたのよ。だって結《ゆい》も言ってた通り、寝技で男子と超接近できるわけでしょ？　でもね、違ったの……むしろ逆。寝技が掛けられなくなっちゃったの。意識しすぎっていうのかしらね。それで見る見るうちに勝てなくなって、でも、自分で言うのもアレだけど、あたしみたいなガチムチクマタイプってわりとゲイ受けいいでしょ。で、そっちの活動が楽しくなっちゃって、柔道はフェイドアウトってわけよ」

「くー、泣けちゃいますよー。今度それで漫画描いちゃいますよー」

「きゃー嬉《うれ》しい！ラブちゃん物語ってワケ？」

「ブッブー、違いますー。権河原《ごんがわら》勲《いさお》物語ですー」

「いやーん、その名前は言っちゃダメなんだってば」

「アレレ？　メモリがいっぱいになってしまったぞな」

「うっそーあたしのセクシー撮影会は打ち止め？」

「いやいや、まだ撮りたいんだよね……困ったなぁ」

結は口を尖《とが》らせて部屋を見回す。すると、部屋の奥に置かれたデスクの上に、ノートパソコンが置かれているのを発見した。都合のいいことに、すぐそばにはバックアップ用のＣＤ－Ｒ

の束《たば》までもがある。

「あのパソコンを借りて焼いちゃえばいいかなー」

「あたしが許しちゃうー」

「あざーっす」

結は勝手にパソコンを立ち上げると、メディアを差し込む。

「うわー、なんか人のパソコンって使いづらいなー」

バックアップを取ろうとし、誤ってデスクトップ上のアイコンをクリックしてしまった。動画の再生が始まる。

「おお。ラブちゃん、これ見て。ヤバネタの匂《にお》いがプンプンですよ」

「えー、やだー。破廉恥《はれんちき》極《わ》まりないわね、この動画」

「とりあえずバックアップしちゃいますか。人生、保険は大事ですからねー」

「しかし、全然そそらないわーこのムービー。男の裸を出せー」

「同意なりー。女子などいらぬー」

「って、結ちゃん、人が来ちゃったっぽいわー、廊下からドアノブがちゃがちゃ言ってる音がするー」

「うひーヤバいですよ。無断侵入ですからねー。とりま隠れてしまいましょう」

結と勲は慌てて部屋の真ん中に置かれたテーブルの下へと隠れる。

ほぼ同じタイミングで、ふたつの人影が生徒会室へと入り込んできた。

俺は足音を立てないように廊下を歩いていた。

白百合《しらゆり》が桜井《さくらい》さんとどこで何をしているのか、結局のところ、わからないのだから、ひたすら捜すしかないのだ。第一次闘争とやらがあった視聴覚室はもちろん、すべての空き教室に女子更衣室までも覗《のぞ》いたが、どこにもふたりの姿は見当たらなかった。

「ちっきしょう、どこだよ、このやろう」

俺が悪態をついたそのとき、生徒会室のドアの向こう側に、長い髪の毛がひらりと揺れて吸い込まれていくのが見えた。

「……白百合？」

たしか、生徒会室は一番最初に確認済みのはずだ。俺は細心の注意を払いながら、ドアの前まで抜き足で進み、床から10㎝ほどの光取りの窓をこっそりと開《あ》けると、床に這《は》い蹲《つくば》って隙《すき》間《ま》からそっと中を窺《うかが》う。

やはり中にいたのは、桜井さんと白百合だった。

「ちきしょう、白百合の奴《やつ》、今までどっかに隠れていやがったのか」

俺は小声で呟《つぶや》くと、ひんやりとした床に頬《ほお》をくっつけ、息を殺して耳を澄ませる。

白百合は、桜井さんを椅子《いす》へと座らせると、後ろから抱きしめて左右の頬を両手で包んだ。

「ねぇ。いいの？　本当に動画、流しちゃうからね」

「そんな、困ります……」

「じゃあ、あたしの言うこと聞く？」

桜井さんが体をびくりと震《ふる》わせた。白百合は、まるで反応を楽しむかのように、そっと首筋に唇《くちびる》をつける。

「うっ」

桜井さんが低い呻《うめ》き声をあげた。歯を立てられたようだ。大丈夫か、桜井さん。

「あたしの奴隷になるんだったら、許してあげるわ」

奴隷ってオイ、なんだよ。しかもあろうことか、桜井さんはこくりと頷《うなず》いているじゃないか。

「いい子ね。怖い？」

桜井さんは怯《おび》えた顔つきで白百合を見上げている。

「大丈夫、すぐに気持ち良くなるわ」

白百合は、机の中から縄を取り出すと、桜井さんを椅子にくくりつけ始めた。

つうかヤバいだろ、それ。助けに入るべく、ドアに手を掛けようとした俺の肩を誰《だれ》かがぎゅ、と摑《つか》んだ。

「（あはふうひほうっっつ）」

俺はあげそうになった悲鳴をなんとか喉《のど》の奥へと押し込めて振り向いた。舞《まい》だ。俺に習って床に寝そべると生徒会室の中を覗《のぞ》き込み、はぁ、とため息をついた。

「ひとみがリリーSに陥落する瞬間に出くわすとは、ジャストタイミングであります。しかし、運も実力のうち、風はこちらに味方をしているということかもしれないのでありますっ」

「つうか助けないと奴隷《どれい》にするとか言ってるぜ、あの女」

「奴隷とは？」

背後から聞き慣れた声が聞こえた。反射的に振り返るとそこにいたのは、

「紫《ゆかり》さん……と楓《かえで》ちゃん」

「哲太《てった》お兄ちゃん、楓のせいで迷惑をかけてごめんなさいでした」

楓ちゃんはててて、俺に近寄ると、ぺこりと頭を下げた。

俺は慌てて唇《くちびる》に手を当ててしーっと小声で呟《つぶや》く。

紫さんは艶《つや》やかな笑《え》みを舞《まい》に投げかけると、立ち上がった俺に向き直った。

「教頭先生に呼び出されていたのよ。哲太さんは何をしているの」

俺は生徒会室を指差して言う。

「中で大変なことが……って痛《いて》ててててててて」

生徒会室のドアが開き、中から出てきた白百合《しらゆり》が、無言で俺の人差し指をくねり、と曲げていた。

「廊下がなんだか騒がしいと思ったんですけど、生徒会室に何か御用かしら」

舞が両腰に手を当てて顎《あご》をしゃくった。

「ふん、生徒会長さまも陰《かげ》ではずいぶんと悪いことしてるみたいじゃない」

「はぁ？　なんのこと。さっぱりわからないですわねぇ」

白百合は首をかしげシラをきっている。

「桜井《さくらい》、大丈夫かっ」

俺は白百合の脇《わき》を抜けると生徒会室へと踏み込んだ。

「あなた方、神聖なる生徒会室に勝手に入っていいと思ってるの」

白百合も慌てて俺を追いかけてきた。

「縛られたりして可哀想《かわいそう》に……今助けるからっ」

俺が近寄るよりも早く、ひらりと素早い身のこなしで白百合は桜井さんの背後へと回る。

「可哀想ですって。くすっ。わたしたちは合意のモトで、こういうこと、しているのよ。さっさと出て行ってくれないかしら」

「何が合意だよ。奴隷にならないと、桜井の動画をバラまくとか言ってたじゃねーか。お前、俺のことがむかつくなら、直接、俺を攻撃すればいいだろう。俺の妹や友達に手を出すなんて汚《きたね》ぇ手を使いやがって。お前のこと、絶対に許せねえ!!　楓ちゃんに謝れよ!!」

「て、哲太お兄ちゃん」

楓ちゃんが、真っ赤な目からポロポロと大粒の涙を溢《あふ》れさせながら駆け寄り、俺に抱《だ》きついてきた。俺は、腕を伸ばして楓《かえで》ちゃんを抱き支える。

「……もういいです。楓は、哲太《てった》お兄ちゃんにそんなふうに言ってもらえただけで満足です。ありがとう。お兄ちゃん」

まるで男の子とは思えないほど華奢《きゃしゃ》な体は俺の腕の中にすっぽりと納まった。その儚《はかな》くも心もとない存在に俺はやっぱり思う。

いくら股間《こかん》にはミニ楓ちゃんがついていようと、やっぱりこの子は俺の妹だ。俺が守るんだ。

紫《ゆかり》さんはそんな俺と楓ちゃんの様子を見て、安心したような微笑を浮かべた。

「良かったですわ。哲太さん。わたくしの唯一の心配事もこれで一件落着。さぁ、お家《うち》へ帰りましょうか。今日の晩御飯はちらし寿司《ずし》を作るって、豚さんも、張り切ってましたし」

「……ちょっと待ちなさいよ」

紫さんに存在ごとスルーされた白百合《しらゆり》が割って入ってきた。

「変態家族の妹ちゃんが、盗撮犯になって、アナタの愛《いと》しのひとみの着替え映像が、ネットに流されてもいいの？　困るでしょ。なら、そこに這《は》い蹲《つくば》りなさい。そして、奴隷《どれい》になるとお誓いなさいっ」

「奴隷ですって？」

紫さんが低い声で呟《つぶや》いた。啖呵《たんか》ではない。しかしそれは、本当に小さな声で洩《も》らしただけなのに、啖呵以上の迫力を持って俺たちを支配した。

「何かしら、おばさん。口を出さないでくれます？」

白百合は顎《あご》を突き出して不遜《ふそん》な態度だ。しかし、紫さんは余裕の様子で唇《くちびる》に薄く笑《え》みさえも浮かべて言った。

「こちらのお嬢さんはちょっと口が過ぎるようですわね。本当の〝お仕置き〟を教えてあげなくちゃならないかしら」

まるで、雪解け水を被《かぶ》ったかのように、身が引き締まる。これが伝説の女王の威力か。いくら白百合が強がっても、大虎《おおとら》の前に放り出された子猫がみゃあみゃあ鳴いているようにしか聞こえない。みな、無意識に背筋をぴんと伸ばして紫さんを注視している。

「ＳＭというのはね、信頼関係があってするものなの。責めるのＳ、任せるのＭ。このふたつをあわせると、責任って言葉になるの。わかる？　白百合さんって言ったわね。あなたの縛りは責任を放棄している。愛がないのよ」

舞《まい》などすでに口も挟《はさ》めない様子だが、白百合は一応学内で女王を張っていただけある。まだ虚勢《きょせい》を張り、紫さんに歯向かっている。

「そんなこと、知ったこっちゃないわ。わたしはわたしがしたいようにするまでよっ」

「それはＳＭとは言いません。わたくしが真のＳＭを教えてあげますっ」

ビシッ。空気を切り裂《さ》く音が部屋中に響いた。長い一本鞭《むち》が床を打った音だ……っておい。なんでＳＭの真偽の話になっている？

「楓《かえで》ちゃんが盗撮犯の濡《ぬ》れ衣《ぎぬ》を着せられたことに怒ってんじゃないのかよ！」

しかし、俺の突っ込みなど、すでに紫《ゆかり》さんの耳には届かないようだ。

はらり、と着物の帯を解《と》くと中からボンデージスーツに包まれた白い肢体《したい》が現れた。体に飼われた蛇《へび》は、今日も健在で、大きく開いた胸元から鋭い目を光らせている。

「ゆ、紫さん、いったい何を……」

紫さんは両手を頭の上にあげ、鞭《むち》をピンと張ると、かすかに振りかぶった。鞭の先端は、白《しら》百合《ゆり》の腰の辺りにヒットした。息をつく間もなく、白百合は膝《ひざ》を折って魔法のように崩れ落ちる。

「縄は2本取り。最初に手首。ポイントを決めて、内側から縄と縄を纏《まと》めて結ぶの。そうすれば、パートナーが暴れても、締まって血管を傷つけることはない。ＳＭは相手が望む以上の怪《け》我《が》をさせてはいけないのよ」

「な、何するのよ。きゃあっ」

見る見る間に、両手首に縄がかけられた。すごい手さばきだ。

「ふわー。大迫力であります」

舞《まい》が口をあんぐりと開《あ》けてつぶやいた。紫さんは流れるような動きで白百合を縛り続けている。

「次は胸縄《むねなわ》。こうすることで、上半身が無防備になると同時に、女性ならばバストを持ち上げてより豊満に、魅力的に見せることができるわ」

「解《ほど》きなさいよっ」

白百合が上半身をくねらせて暴れているが、縄が緩む様子はない。それに、胸が縄に押し出されてぐっとせり出した様子は、ＳＭに興味のない俺から見ても、なかなか劣情《れつじょう》を掻《か》き立てられる。俺が思わず「うおっ」と声を漏《も》らすと、白百合は悔しげに歯軋《はぎし》りをして俺を睨《にら》んだ。ざまぁみろだ。

「次は腰から下。股縄《またなわ》は好きずきだけど、より快感を求めるなら、ひとつ結び目を作って敏感な部分に当たるようにするといいわ。膝の関節に縄を掛けてはダメよ。足首も注意して。自分が締められたら痛いだけっていうところを想像すればわかるでしょう。痛気持ちいいところならば、無闇《むやみ》やたらにずるずると締まらないようにきちんと固めれば問題ないわ」

「やめなさいっ、許さないんだから」

うはぁっ。往生際《おうじょうぎわ》悪く叫ぶ白百合のスカートの上から、縄がまたぐらにがっつり食い込んでますがな。エロすぎる！

白百合は「ぐるる」と歯を剝《む》き出しにして唸《うな》ったが、まるで牙《きば》を抜かれた虎《とら》。迫力もへったくれもあったものじゃない。

「こうして全身に縄を施《ほどこ》したら、次はポイントとポイントをもう１本の縄でつなげて……」

「うわー、美しい。なんだか芸術的でありますなぁ」

舞《まい》がうっとりと目を恍惚《こうこつ》に光らせた。

「ドSのココロは88心《ハハ》ぉ～」

紫《ゆかり》さんは歌舞伎《かぶき》のようなセリフを唱《とな》え、八の字を描きながらしゅるるると白百合《しらゆり》の腿《もも》に絡みついた縄をくいっと引く。すっと膝《ひざ》が持ち上がり、片足立ちになった。

「押せば∞《むげん》のぉ～！」

縄が空《くう》を走る。そして、まるでメビウスの輪のように、キレイな弧を描いて、宙を舞っている。

「よっ！」

舞が合いの手を入れる。

「な、なんだこの状況」

ぽかんと口を開《あ》けた俺を他所《よそ》に、ためにためを作った紫さんが、ついに決めのポーズを取った。右手を大きく頭の上へと振りかぶると、6の字の形に腕を廻《まわ》した。縄がまるで蛇《へび》のようにくねり、部屋中を悦《よろこ》び駆け回る。そしてついに、ひとつの作品が完成しようとしていた。

「ダン鬼6《シックス》！」

……てあら、嫌だわ。鴨居《かもい》がございませんのね、このお部屋」

紫さんは困ったように天井を見回すと頬《ほお》に手をあてて首を傾《かし》げた。

「普通は学校に鴨居なんてありませんってば！」

「鴨居がないと、吊《つ》りができないからダン鬼６スペシャルは失敗ですねー」

俺の体にぴたりと寄り添ったままの楓《かえで》ちゃんが困ったように言った。

「……こんなことして、ただで済むと思ってるの。学園で問題にしてやるんだから」

白百合は、縛られてなおまだ吼《ほ》えている。俺はその気の強さに驚愕《きょうがく》しつつも、この状況をどう収めたらいいのか必死に考える。

「ヤバいですよ、紫さん、一般保護者が生徒を縛るってどう考えてもこっちの分が悪い」

「でーもー、学園で問題になったら困るのは、むしろ白百合さんのほうだと思いまーす」

ノー天気な声が響き、テーブルの下から何かが這《は》い出してきた。金髪の貞子《さだこ》とボーズ頭の伽《か》耶子《やこ》……？　驚いて後ずさる俺たちの前に現れたのは、

「結《ゆい》とラブちゃんじゃねーか」

「そうよー。すげーいいタイミングで現れるでしょ、あたしたち」

舞も、さすがに驚きを隠せないようでつぶやいた。

「なぜに大城《おうじょう》家オールキャストが大集合？」

俺が聞きたい。ここは茶の間じゃねーつーの。

「で、結ちゃんはですね、これを持っているわけですよ。盗撮の未編集元データ。盗撮に使われたビデオはリモコン式とか遠隔操作できるタイプではなくてですね、普通のホームビデオなワケです。ということは、設置してスイッチを入れてから離れなくてはならない。なので、テー

プの頭にカメラをセットした直後の犯人が映っちゃうわけですねー。ちなみに結《ゆい》が今持っているのはバックアップ。元ネタはこちらでございっ」

結はパソコンのモニタをみんなが見える角度に直すと、マウスを弄《いじ》くった。画面にはカメラの角度を調整しているらしき白百合《しらゆり》のドアップ。そしてカメラから離れていく様子が克明に映し出されていた。

「これは動かぬ証拠ですなー。縛られて動けぬ白百合さん」

「ぬぅうううっ」

白百合は悔し紛《まぎ》れに身を捩《よじ》るが、両手両足を緊縛《きんばく》されている今、ごろりごろりと床を這《は》い回るのが関の山だ。

「話はだいたいわかったわ。白百合さん。アナタには、まだまだお灸《きゆう》が必要ね」

紫《ゆかり》さんの鞭《むち》が硬質で乾いた音を立てて、再びしなった。

「おおっ、あの縛りは伝説のダン鬼６《シックス》！　まさか!!　紫さんホンキモードオンじゃないの!!

きゃー、じゃあ、この先は18禁だわ」

ラブちゃんが桜井《さくらい》さん、続いて舞《まい》の首に腕を回して落とした。

「哲太《てつた》くんも18歳未満よねー。失礼」

体毛に覆《おお》われたラブちゃんの逞《たくま》しい腕が近づいてくる。

「や、やめろよ。一応、ここに保護者がいるしR15ってことで……」

「まぁ厳密に言うと楓《かえで》ちゃんもダメになっちゃうしねー。じゃあちょっとだけよぉ」

ラブちゃんの絞め落としからはなんとか逃《のが》れた俺が眼《め》にしたのは、両端に黒い革のベルトがつけられた、丸いボールのようなものを手にした紫さんだった。いつだったか、俺と結がギリギリで回避したお仕置き道具だ。

「まずはアナタのその生意気なお口をふさいでしまおうかしら」

「ふざけんなよ、ばばあ、離せよっ」

「女性がそんなに乱暴な口のきき方をしてはいけませんわ。ほら、お口をお開《あ》けなさい」

紫さんは有無を言わさぬ調子で白百合の口にボールをはめ込んだ。

「うぐうっ」

「アレはねー、ボールギャグっていって、息はできるけど、しゃべることができなくなるし、しかも涎《よだれ》がだーらだらと流れっぱなしっていう女子的には超～恥ずかしいグッズなのー。最初にアレされちゃうと、反抗する気がなくなっちゃうのよねー」

ラブちゃんがなぜか解説をしてくれる。

「あうう」

まるで飢えた獣のように吼《ほ》えていた白百合だったが、確かにそのボールギャグを口にしたとたんに静かになった。俺がお仕置きでされた鼻フックもかなりの屈辱《くつじょく》ではあったが、このボールギャグはその数倍もダメージが強そうなのは、見た目でわかる。白百合ほどのプライドの高い女があれをされるのは、マジで辛《つら》いだろう。

「ほらー効果てきめん、さすがよねー。紫《ゆかり》女王様のアレ……『全員お黙りスペシャル』は、しゃべりっぱなしで有名な、黙ったら死ぬとまで言っていた某大物お笑い芸人でさえも黙らせたって伝説の逸品なんだからぁ」

解説を続けるラブちゃんの声に、紫さんが囁《ささや》き責める声がかぶさった。

「あらあら、惨《みじ》めな姿ねえ。ほおら、キレイなお顔が台無しの姿をみんなに見せなさい。あら、嫌なの？　涎《よだれ》をだらだら垂《た》らして格好つけても滑稽《こっけい》なだけなのに……ふふっ」

「お、鬼や……」

あっけに取られながらも俺は呟《つぶや》いた。次に紫さんが取り出したのは、太めの房《ふさ》がついた鞭《むち》だった。

「おーっ、バラ鞭が登場したわねっ」

すかさずにラブちゃんが解説を入れる。

「いい、あれはね、見た目や音よりも痛くないの、だから初心者向きの鞭よ……といっても力を入れればもちろんそれなりには痛いんだけどね」

その鞭が、白百合《しらゆり》の背中に振り落とされた。びしっ、と強い雨がトタンを打つような音が響いた。

「あふうんっ」

紫《ゆかり》さんは、切なげに身悶《みもだ》える白百合《しらゆり》の頬《ほお》を撫《な》で回しながら言葉で嬲《なぶ》り始めた。

「あら、いい声で鳴くじゃないの。おや、だんだんと目が潤《うる》んできたわね、はしたないコ、興奮しちゃったのかしら」

その間も、鞭《むち》は五月雨《さみだれ》のように連続して振り落とされる。白百合は反抗的な目つきで、精一杯虚勢《せいいっぱいきょせい》を張ってはいるものの、頬は上気し、その唇《くちびる》から漏《も》れ出る声は、普段の冷酷ボイスからは想像もつかない可憐《かれん》さだ。どうした白百合！

「そして今のは『高速薔薇《ばら》散る乱れ打ち』！　これは過去数回の消費税の値上げが見送りされた伝説の技よー。紫女王様が顧客の有力政治家に消費税率を上げたら、もう二度と鞭で打ってあげないって言ったからなのよー、すごいわよねー」

「マジっすか！」

じゃあ、知らない間に、俺達は紫さんのプレイの恩恵に与《あずか》っていたということか。

鞭の連続にぐったりと白百合は床へ横たわった。

「も、もう、降参してるっぽくないですか」

俺は恐る恐るラブちゃんに呟《つぶや》く。するとラブちゃんは無言のまま首を横に振った。

「まだまだよ、見てなさい、次は……おおっ、刷毛《はけ》の登場ね」

「刷毛ってあの……刷毛ですか」

「そうよ、あの刷毛じゃない刷毛がこの世の中のどこにあるの。出たワーッ。紫女王様のくすぐり攻撃。これがまた辛《つら》いのよー。わかる？」

「俺は勘弁して欲しいっす」

「でっしょーっ」

痛みならある程度は我慢できるが、くすぐりって……想像するだけで体がむずむずする。

「ほら、今度はこれで責めてあげるわよ。うふふふ、涎《よだれ》を垂《た》らして笑いくるうところを、みんなに見られるのよ、恥ずかしいわねぇ、惨《みじ》めねぇ、うふふふふ」

「ゆ、紫さん、恐ろしすぎるっ」

正視に耐え切れないとばかりに目を逸《そ》らした俺の前で、さっきまでぐったりとしていた白百合が、全身をくねらせて笑い転げ始めた。

「うひょはははあはひょよよひいっひゃはははははっ」

「このくすぐり、女優たちの間じゃあ、若返りの効果があるって、半年の予約待ちらしいわよ」

ラブちゃんがうっとりと言った。

「なぜ若返る!?」

「それが紫女王様のテクニックのすごさなのー。ドラマで売れっ子の○○子だって、映画女優の××美だって常連なんだからー」

「……まじっすか、だって○○といえば元祖癒《いや》し系の……」

「そうよー癒し系女優は紫女王様に癒されてたってわっけー、というわけで、名づけて『ヒーヒーヒーリン☆グッド』！　よ」

「……紫《ゆかり》さん、すごすぎる……ありえない」

「おおっ、そしてついにクライマックスよ！　あの、超大物外タレが、たびたび来日するのはひそかにこれが目的という噂《うわさ》の……必殺技の登場よー」

「まだあるんすかっ」

「当たり前じゃないの。紫女王様の決め技よー。うわー、あたしも見るの、初めてだわぁ」

「な、なんなんすか、それは」

「さてさて、ここから先は大人の時間──」

「ええーっ」

「可哀想《かわいそう》だからちょこっとだけ教えてあげるわね……あのマド○ナや、ジョン・[redacted]ノンからも、絶大な信頼と支持を得たという伝説のフォトグラファー。彼のイマジネーションの源泉とも言われる『聖母の抱擁〜サディスティック88〜』よ」

　ええっ、それってあの北條《ほうじょう》ナナちゃんの写真集の……と俺が思ったところで、ラブちゃんの腕が俺の首に回された。

「ドSのココロは８８《ハハ》心ぉ〜」

　最後に聞こえたのは紫さんの咆哮《ほうこう》。そして、一瞬息が止まり、世界が暗転した。

「ふわー、オチが見れないとか、舞《まい》的にはものすごいフラストレーションなんですけど。何があったのか、大城《おうじょう》クンは途中までは見ていたですよね」

舞が大きく伸びをして言った。甘酸っぱいオレンジのような匂《にお》いが漂ってくる。

「まぁね。最後の最後は見れなかったけど」

俺はその匂いにドキドキとしながらも、なんとなく目を見られずに答えた。

「大城クンが見たシーンだけでいいので、何があったか教えて欲しいでありますー」

「うーん」

俺が首を傾《かし》げると、

「なんでありますか、その煮え切らない返事は。うーっ」

舞は納得いかないように唸《うな》った。

俺たちは紫さんのお仕置きの一部始終が終わるまできっちり生徒会室で倒れ続けていた。

そして、まるで示し合わせたように、放課後を告げるチャイムが鳴ると同時に目を覚ました。偶然ではなくラブちゃんの技だろう。

「それにしても、みんな同時に目覚めるって、いったいどんな技をかけたんですか」

俺は後ろを歩いているラブちゃんに振り返り尋《たず》ねた。

「今度、ベッドの中でたっぷり教えてあげるわー」

「良かったじゃないの、哲太《てつた》ー。大人の階段上れちゃうわよー。っていうか、せっかくの機会だから、最中の写真撮らせてよ」

結《ゆい》がまんざら冗談でもない様子で割り込んできた。

「そんな機会は一生訪れませんって」

「ベッドの中とはどういうことなのか、舞《まい》も興味津々でありますっ。ぜひ取材を……」

舞までもが目を輝かせて追随する。

「だあー、無理無理」

すでに放課後になっているせいか、廊下には生徒たちが行き交っている。

ジャージに着替え、部活へと急ぐもの。まるでストリートライブのように廊下でギターをかき鳴らすもの。鈴の音のような声で笑いながら通り過ぎてゆく下級生たち。俺は疲労感たっぷりで、昇降口に向かい廊下を歩く。

意識が戻ると、生徒会室に、紫《ゆかり》さんの姿はもうなかった。

俺たちが意識を取り戻すまでの間、ラブちゃんと結は思う存分、撮影会を楽しんだようだ。人が倒れているというのに、その図太《ずぶと》さには驚きだ。楓《かえで》ちゃんは、眠りこけている俺の隣にちょこんとしゃがみ込み、意識が戻るのをずっと待っていてくれたようだ。手に例の盗撮データのバックアップを持って。

「しっかり躾《しつけ》をしたので、もう何もしてこないだろうけど、念のためにこれを持ってろって。パソコンに保存してあったほうのデータは消去済みだから安心しろとの伝言です」

しかし、その危険物は、俺が持っていると、誘惑にかられて中身――桜井《さくらい》さんの着替えシーン――を見てしまいかねないと思い、舞に預けることにした。

そして白百合《しらゆり》は、というと……俺の少し後ろ、ラブちゃんの隣を静々《しずしず》と歩いている。その妙に大人しい様子が気になり、こっそり目の端で盗み見た。すると、ずっと俺を窺《うかが》っていたらしく、白百合とばっちり目が合ってしまった。

「あの、大城《おうじょう》さん、今度、お家《うち》に遊びに行ってもいいかしら。わたし、もっとお母様と仲良くなりたくって……」

おいおいおいおいおい、冗談じゃない。

「あらーすっかり紫さんに調教されちゃったのねー」

ラブちゃんが嬉《うれ》しそうに言うと、白百合はしおらしく頭《こうべ》をたれて頬《ほお》を赤らめた。

マジかよ。勘弁してくれよ。疲れを覚えて首を傾けると、こきりと骨が鳴った。相当凝《こ》っているようだ。そういや、紫さんの縄って、肩こりに効くって言ってたっけ。試してみるかな。

って、俺は調教されたいわけじゃねーぞ。

楓ちゃんはまだひとり、暗い顔をしてる。

「でも、明日からどうしよう。楓は、友達みんなを裏切ってしまったことには変わりないわけで」

「考えたんだけど、うちの新聞で、独占告白はどーかなー。ちゃんと説明して、楓ちゃんを理解してもらうの。きっとみんな受け入れてくれると思うし、舞《まい》がそういう記事を書くから。大《おう》城《じょう》クンも安心するでありますお母様のことは、舞の心の中にしまっておくでありますから」

がさつでうるさい女だと思っていたが、舞ってホントはいい奴《やつ》だな。でも、生徒たちはともかく、先生や、学校側は大丈夫なんだろうか。これから先が思いやられる。思いやられると言えば……俺の一番の心配ごとは、桜井《さくらい》さんのことだ。紫《ゆかり》さんのボンデージスーツ姿や、プレイまでも見てしまった桜井さんはさぞかしショックに違いない。ああ、俺はどうすりゃいいんだ。俺は舞を挟んだ向こう側の桜井さんをこっそりと盗み見る。すると……。

「つまんないのー。白百合《しらゆり》先輩、すっかり牙《きば》抜かれちゃって」

桜井さんが大きく伸びをしながら言った。

「ちょっ、どういうこと？」

俺は耳を疑い驚いて、桜井さんのほうを振り向く。

「えーっ、そのまんまだよー。白百合先輩、エキセントリックなところが、面白いなーって思ってバレンタインにチョコをあげたら、案の定、火がついちゃったみたいでヒートアップしてくれるし。そのまま放っておいたら、嫉妬《しっと》して大暴走？　まぁ、かなり楽しませてもらったからいいけどねー。これも大城くんのおかげだね。それに、大城くんの周りって、お母さんを筆頭に、面白い人だらけで退屈しなさそう……これからもひとみと仲良くしてね♥」

ええ～～～～～っ。なんだコレ。あの清純かつ、ウブな桜井さんはどこへ……。悪魔憑《つ》

き？　別のペルソナ？　キャラ換え？　っていうか、なんかやっかいな感じの人が増えてるんですけどどういうこと⁉

「……これが桜井ひとみの本性でありますな。まぁ、クラスの女子はみな、知っていたことでありますが。知らぬは大城クンを始めとする男子のみであります」

舞がため息混じりで吐き捨てる。

「ママのお仕置きが必要なのは、この人のほうかも」

楓《かえで》ちゃんがぼそりと呟《つぶや》き、

「あたしだって、ひと目見た瞬間に気がついたのに、まるで気がつかない哲太《てった》ってやっぱりバカよねー」

と、結《ゆい》が呆《あき》れたような顔で肩をすくめた。

俺がショックに打ちひしがれていると、廊下の向こうから、白い塊《かたまり》が小走りで駆け寄ってきた。今度はなんだ……俺の心はズタズタにブロークンハートなんだからこれ以上、傷つけないでくれよ……。

「ああっ、大城クンに、桜井《さくらい》さん、それに成沢《なるさわ》さん。アナタたち、今日、１時間目以外の授業バックれたでしょう」

はぁはぁと肩で息を切らした夏《なつ》ちゃんだった。

「おわっ、夏ちゃん」

「いったいどこで何をしていたの、全員ちょっと生徒指導室へ来なさい」

ヤッべぇ。思わぬ伏兵《ふくへい》がこんなところに。

授業をフケていた間にあったことなど、到底説明のしようがない。俺と舞《まい》は思わず顔を見合わせた。とその時。

「今日はわたしに免じて、彼らのことは見逃してくれないかな」

落ち着いた声とともに、夏《なつ》ちゃんの後ろから現れたのは、

「豚さんっ……がしゃべっている？」

俺と結《ゆい》と楓《かえで》ちゃんは思わず声を合わせて叫んだ。

「あら、理事長じゃないですか。珍しい」

夏ちゃんは驚いたような声をあげた。

「……理事長？」

俺は夏ちゃんと豚さんの顔を交互に見回した。豚さんは我が家にいるときからはまったく想像もできない装い《よそお》――高そうなスーツにきちんとネクタイを締めている――をしているが、なんとなく恥ずかしげな笑顔の中に、卑屈《ひくつ》さが見え隠れするところが……やっぱり豚さんだ。

「そうよ、武太《ぶた》理事長。なんですか、理事長、大城《おうじょう》くんと知り合いで？」

「ああ。そうなんだ。ちょっとしたボランティア活動を一緒にね。というわけで、悪いが菅原《すがわら》くん、見逃してくれるね」

「まぁ理事長がそうおっしゃるならしょうがないですが……あなたたち、理事長にお礼を言いなさい」

夏ちゃんはなんとなく腑《ふ》に落ちない様子だ。

「豚さん、じゃない、理事長、どうもありがとうございます」

俺たちが頭を下げると、「ぶぅ」という小さな返事が聞こえた。

「ぶぅ？」

夏ちゃんが眉《まゆ》を顰《ひそ》め、豚さんは涼しい顔で鷹揚《おうよう》な笑みを浮かべているが、よくよく見ると、いつも家では全開にしている恍惚《こうこつ》が、目の奥にうっすら見てとれる。夏ちゃんの前で豚モードに戻るというギリギリを攻めて興奮する豚さんは、やっぱりトップオブ変態だ。

そして、夏ちゃんはと言えば、つうかやっぱりパンツがスケスケだし。と思ったところで、俺は重要なことをひとつ、思い出した。

「やべ、多賀雄《たかお》……」

「ああっ、友人Ａ」

隣にいた舞も、同じタイミングで多賀雄のことを思い出したらしい。もっともまだ名前は覚えていないらしいが。

俺と舞は、思わず顔を見合わせると、眼《め》だけで笑い合った。そしてどちらからともなく走り出す。

「あいつ、ひょっとしてまだ校内をうろうろしてるんじゃないのかな」

「いえいえ、舞《まい》が、何かあったときの連絡基地として新聞部部室にいるように頼んでいるのであります」

舞が歩を進めるたびに、ポニーテールが揺れる。

「ってことはアレか、もう5時間くらいはずっと部室に」

「昼ごはんも抜きであります」

「ところでさぁ、なんで舞って、俺と話すときだけヘンな言葉遣いなわけ?」

俺はふと思いついて尋ねる。

「ヘンとはなんのことでありますか」

「その、ありますかって口調だよ」

と、舞はぷい、と横を向いて足を緩《ゆる》めた。俺もそれに合わせて歩調を遅める。

「……大城《おうじょう》クンはやはり鈍感であります。舞は大城クンのことが……」

「ええっ！　まじ!?」

驚きつつも、まんざらでもない俺に向かい、舞は呆《あき》れた口調で言った。

「ほらまた騙《だま》された。大城クンは、ホントに単純ですな。女というものがわかってないであります」

スイートホームのS、マイファミリーのM。

『拝啓　父上様
いかがお過ごしでしょうか。その後、チョビンちゃんの肥立《ひだ》ちはどうですか。こちらは家族、みんなで仲良く元気でやっております』

そこまで書いたところで、俺は背後に殺気を感じた。と、数秒も間を置かずに、結《ゆい》の甘えた声が頭上から降り注いできた。

「哲太《てった》くーん、ちょっとさぁ、仕事手伝ってくれない？　簡単だからさ」

「……どうせまた写真撮るから変なポーズ取れって言うんでしょ」

振り返ると、家の中だというのに、相変わらずメイクばっちり、ド派手なピンク色のサロペットを着た結が、腰に手をあてて立っていた。

「ご名答でーす。でもマジでお願い、１ポーズだけでいいんだ。もちろん着衣だし」

結は両手を合わせたお願いのジェスチャーで片目をつぶる。

「仕方ないな。外《ほか》ならぬ姉ちゃんの頼みだから聞きますよ」

俺はしぶしぶ腰を上げる。

「おおっ、悪いね、哲太くん」

「で、ポーズは」

「今日はねー、ちょっと絡《から》みが必要なわけですよ。だから、ちょっと楓《かえで》と抱き合ってくれないかなぁ」

「それは、却下」

と、甘酸っぱいシャンプーの匂《にお》いとともに、楓ちゃんが飛びついてきた。

「哲太《てった》お兄ちゃん、いいじゃないですか、家族なんだから抱き合うくらい。相手が哲太お兄ちゃんなら楓は、それ以上でも平気ですよー」

殻を剝《む》いた茹《ゆ》で卵のように、ツルツルの頰《ほお》を俺に寄せてくる。

「ちょっ、楓ちゃん、どこ触ってるんだって」

「お兄ちゃんの息子《むすこ》ですー。ということは、コレは楓の甥《おい》っ子ですかね？　よーしいい子、いい子」

「こらっ。よせ、このバカっ」

「大きくなーれー」

「ちょっ、やめろっつーの」

俺は慌てて廊下へと逃げ出した。と、淡い紫色の着物を着た紫《ゆかり》さんと、その足元に這《は》い蹲《つくば》った豚さんとかち合った。

「あら、哲太さん、元気のよろしいことで」

「あれ、ゆ、紫……じゃなくって、お、お母さん、こんな時間からお出かけですか」

「ええ、ちょっとね。今日はあったかいので、豚さんと野外露出にでも」

豚さんが満足げにぶぅ、と鳴いた。

やっぱり変だよな、この家族。

でも、これが、世界でたったひとつの、かけがえのない……俺の家族だ。

あとがき

はじめまして。大泉《おおいずみ》りかです。

書店に並んでいる膨大な本の中から、この「サディスティック88」を選んでいただきありがとうございます。誠心誠意、心より御礼申し上げます。

さて、皆さんは、SMが好きでしょうか。え、あたしですか？　もちろん、わりと好きです。嘘です。かなり好きです。

この作品の中で、SMについてサービスだのマンゾクだのと述べてはおるのですが、一番大切なことが抜けています。

SMをする上で一番大切なもの、それは、パートナーです。

SMは、パートナーがいなくては成立しません。本も一緒です。読んでくださる読者の方がいなければ、成立しません。というわけで、この本を買ってくださった貴方はすでにあたしのパートナーです（?）。これからも末永くよろしくお願いいたします。

そして、エロカワイイ（手垢のついた表現ですみません……）イラストを描いていただいたカイエダヒロシさん。どうもありがとうございました。カイエダさんは結が一番好きなんじゃないのかなーと思ったり思わなかったり（お会いしたことないのに勝手に決めつけ！）。

最後に、執筆のチャンスをくれたホシノ氏にも感謝しつつ、あとがきを締めたいと思います。

２００９年　２月23日　大泉りか

ガガガ文庫3月刊

小学館ルルル文庫
4月刊のお知らせ

『アラビアンローズ　～ルゥルゥの不運～』
深山くのえ イラスト/増田メグミ

『珠《しゅ》華《か》繚《りょう》乱《らん》　～帝国を覆う陰～』
宇津田 晴　イラスト/山下ナナオ

『シャーレンブレン物語　舞踏会と花の誘惑』
柚木 空 イラスト/鳴海ゆき

（作家・書名など変更する場合があります。）

4月1日(水)ごろ発売予定です。お楽しみに!

GAGAGA
ガガガ文庫

サディスティック88
大泉りか

発行　2009年3月23日　初版第1刷発行

発行人　辻本吉昭

編集責任　野村敦司

編集　星野博規

発行所　株式会社小学館
〒101-8001 東京都千代田区一ツ橋2-3-1
［編集］03-3230-9343　［販売］03-5281-3556

カバー印刷　株式会社美松堂

印刷・製本　図書印刷株式会社

Printed in Japan　ISBN978-4-09-451124-6

第4回小学館ライトノベル大賞
ガガガ文庫部門応募要項!!!!!!

ゲスト審査員は竜騎士07先生!!!!

ガガガ大賞：200万円＆応募作品での文庫デビュー
ガガガ賞：100万円＆デビュー確約
優秀賞：50万円＆デビュー確約
選考委員特別賞：30万円＆応募作品での文庫デビュー

第一次審査通過者全員に、評価シート＆寸評をお送りします

内容 ビジュアルが付くことを意識した、エンターテインメント小説であること。ファンタジー、ミステリー、恋愛、ＳＦなどジャンルは不問。商業的に未発表作品であること。
（同人誌や営利目的でない個人のWEB上での作品掲載は可。その場合は同人誌名またはサイト名を明記のこと）

選考 ガガガ文庫編集部＋ガガガ文庫部門ゲスト審査員・竜騎士07

資格 プロ・アマ・年齢不問

原稿枚数 ワープロ原稿の規定書式【1枚に41字×34行、縦書きで印刷のこと】は、70～150枚。手書き原稿の規定書式【400字詰め原稿用紙】の場合は、200～450枚程度。
※ワープロ規定書式と手書き原稿用紙の文字数に誤差がありますこと、ご了承ください。

応募方法 次の3点を番号順に重ね合わせ、右上をひも、クリップ等で綴じて送ってください。
① 応募部門、作品タイトル、原稿枚数、郵便番号、住所、氏名（本名、ペンネーム使用の場合はペンネームも併記）、年齢、略歴、電話番号の順に明記した紙
② 800字以内であらすじ
③ 応募作品（必ずページ順に番号をふること）

締め切り 2009年9月末日（当日消印有効）

発表 2010年3月発売のガガガ文庫、及びガガガ文庫公式WEBサイトGAGAGAWIREにて

応募先 〒101-8001 東京都千代田区一ツ橋 2-3-1
小学館コミック編集局 ライトノベル大賞【ガガガ文庫】係

注意 ○応募作品は返却致しません。○選考に関するお問い合わせには応じられません。○二重投稿作品はいっさい受け付けません。○受賞作品の出版権及び映像化、コミック化、ゲーム化などの二次使用権はすべて小学館に帰属します。別途、規定の印税をお支払いいたします。○応募された方の個人情報は、本大賞以外の目的に利用することはありません。○応募された方には、原則として受領はがきを送付させていただきます。なお、何らかの事情で受領はがきが不要な場合は応募原稿に添付した一枚目の紙に朱書で『返信不要』とご明記いただけますようお願いいたします。○作品を複数応募する場合は、一作品ごとに別々の封筒に入れてご応募ください。